막

지다웨이 지음
문희정 옮김

막

묘
보
설
림
—
16

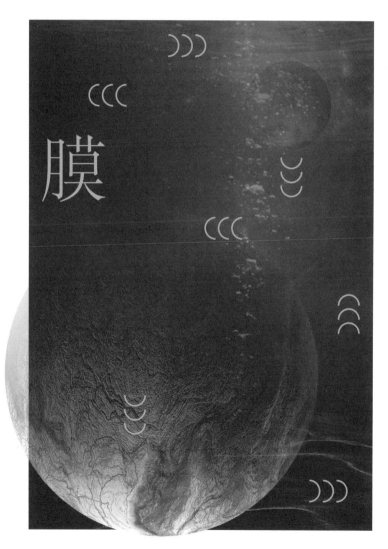

膜

글항아리

차례

일러두기

• 본문 각주는 모두 옮긴이 주다.
• 이 책은 지다웨이의 단편집 『막膜』(紀大偉, Linking Publishing, 2011)에 수록된 동명의 중편
  소설 「막」을 번역한 것이다.
• 본문에 인명을 비롯한 고유명사는 국립국어원의 외래어표기법에 따르되, 일부 브랜드명은 각
  브랜드에서 공식적으로 정한 이름에 따랐다.

서문

글쓰기의 황홀함

「막」의 수상 소감에서 나는 '계속해서 해로운 황홀함HIGH에 취해 있을 수 있도록 힘을 실어주신 심사위원과 렌허부간聯合副刊의 과감한 결단에 감사드린다'고 말했다.• 여기서 HIGH는 약에 취했을 때의 쾌감을 가리키는 은어다. 고급스러움이나 출중함과는 거리가 멀다. 나에게 글을 쓰는 행위는 극도의 즐거움과 고통을 함께 가져다주는, 중독과도 같은 불가항력이며 언제나 나를 심연에 빠트린다. 이것이 바로 글쓰기의 해롭고도 황홀한 점이다.

나는 자신과 텍스트가 서재 안에 갇혀 있는 것을 바라지 않는다. 그것은 자해 혹은 자위일 뿐이다. 나는 작품이 서재 너머에 존재하는 진정으로 꽉 막힌 가짜 진보 사회의 질서를 위협하고 황

• 「막」은 제17회 렌허보문학상聯合報文學獎 중편소설 부문 대상을 수상했다.

홀함을 가져오기를 희망한다. 이와 같은 자극과 도전이야말로 내가 글쓰기를 자행하게 하는 원동력이다. 나는 이를 악물고 참치 덩어리를 대패질하듯 피와 살과 지혜를 갈아 한 장 한 장 원고를 완성했다. 만약 서재 안팎이 그저 평안하기만 했다면 나의 글쓰기는 이어지지 못했을 것이다. 스물세 살 무렵에는 중독이 너무 심했던지 『감각 세계』 집필로 허덕거리는 와중에도 거의 10만 자에 가까운 소설을 써냈다. 소설집 『막』에는 바로 그 1994년 초가을부터 1995년 늦여름까지의 작품들이 실렸다.

수상작인 중편소설 「막」은 허구의 여-여 에로티시즘을 다룬 SF 소설이다. SF는 그간 타이완 문단에서 평단이나 독자들에게 제대로 된 대접을 받지 못했다. 하지만 나는 거기에 도전해볼 만한 여지가 있다고 믿었다. 특히 성/별 의제를 심어 넣기에 적합했다(유럽과 미국의 페미니즘 SF 소설이 아주 뛰어난 본보기다). 그래서 나는 대담하게 작업에 착수했다. 소설의 전반적인 내용은 여성들의 소통에 관한 것이다(소설 속에 남성 인류는 등장하지 않는다). 이는 스스로에게 하나의 도전이자 여성 문학에 대한 경의를 표한 것이기도 했다. 주제넘는 위험한 제스처일지도 모르지만, 나는 모험이 글쓰기에 필요한 요소라고 믿는 편이다. 안전하고 빤한 글쓰기는 딱히 존재의 이유가 없는 법이니까. 이 모험은 1994년 4월 5일에 시작되었다. 크고 묵직한 컴퓨터로 타이핑한 원고는 마감일에 임박한 5월 중순을 겨우 맞춰 완성되었다. 그 한 달가량 소설 쓰기와 학업으로 인한 막중한 부담 사이에서 나는 수없이 스스로를 학대

했다. 고통스러운 창작의 여정을 알모도바르Almodovar와 애텀 이고 이언Atom Egoyan의 영화, 이토 준지의 공포 만화(소설 속 도미에라는 인물을 등장시킨 것도 이토에게 경의를 표하기 위해서였다), 인터넷, 니노 로타Nino Rota와 반젤리스Vangelis와 우테 렘퍼Ute Lemper의 음악, 퀴어 이론, 끝도 없이 떨어지는 개털과 끊이지 않고 짖어대는 개소리가 함께해주었다. 원고를 제출하고 앓아눕지 않은 것은 정말이지 기적이었다. 5월 하순에는 다시 기운을 차려 요란하게 놀고 즐겼다.

책 속의 다른 작품은 중편소설 창작 전후 한창 몸이 달아올랐을 때 몰아친 결과물이다(중독으로 인한 조울증을 견디기 힘들 때가 많았던 탓이기도 했다). 이 소설들은 「막」과 꽤 달라 보일 수도 있지만 사실 그 감정과 생각의 맥은 서로 연결되어 있다. 그중에서도 『중궈시보中國時報』의 런젠부간人間副刊에 발표했던 '타악' 시리즈는 내게 의미가 각별하다. 500자도 채 되지 않는 칼럼을 쓰느라 키보드를 두드리며 차가운 밤들을 하얗게 지새우곤 했는데, 그 시절 융허의 옥상집은 겨울의 냉기와 습기를 막아주기에 도무지 역부족이었다. 나는 최대한 체온을 빼앗기지 않으려고 잔뜩 몸을 웅크린 채 키보드를 두드렸다. 어디에 있는지 알 수 없는 독자들을 상대로……. 그리고 그렇게 영영 흩어질 뻔했던 글들이 이 작품집에 사라지지 않고 남았다.

시기적으로 길지 않은 기간을 두고 『막』과 『감각 세계』를 책으로 엮어냈다. 나는 『막』이 『감각 세계』의 연장선 위에 있다는 것을 부인하지 않겠다. 이 연속성은 내가 퀴어 글쓰기를 계속해나가겠다는 진심과 의지를 보여주는 것이기도 하다. 하지만 이것은 내가 제자리걸음에서 벗어나기 위해 보폭을 조정하거나 황홀함을 추구하는 방식을 달리해야 한다는 것을 의미하지는 않을까?

서툴고 초조했던 스물셋을 지나, 스스로 『감각 세계』와 『막』의 울타리 밖으로 나가서, 세수나 한 번 하고 계속해서 젠더, 섹슈얼리티, 정치, 문학의 지속 가능성을 모색해나갈 수 있기를 희망한다.

풋내기의 황당한 작품이 순조롭게 출판될 수 있도록 도와준 렌징출판사와 렌허부간의 친구들에게 감사드린다. 렌허부간과 렌징은 나의 괴팍했던 소년 시절을 함께해준 존재였으나, 당시만 해도 내게 렌허부간이나 렌징의 지면을 어지럽힐 날이 오리라고는 감히 꿈도 꾸지 못했다. 그 복잡한 심경은 SF 소설 한 편을 전부 할애해도 다 설명하기 힘들 것이다. 또한 늘 곁을 지켜준 MO의 어깨에 감사한다. 그 달콤한 온기와 너그러운 마음 덕분에 나는 조금 더 용기를 내어 하루하루 냉혹하고 팍팍한 내일을 마주할 수 있었다.

수상 소감
계속해서 황홀하게

　젊은이의 노력을 높이 평가해주시고 퀴어로 하여금 계속해서 해로운 황홀함에 취해 있을 수 있도록 힘을 실어주신 심사위원과 렌허부간의 과감한 결단에 감사드린다. 「막」은 성 정치 텍스트다. 퀴어 SF 소설이자 당돌한 여성의 감각을 다룬 작품이다. 사실도 아니고, 자연스럽지도 도덕적이지도 않다. 우리가 지금까지 강요받은 사실적이고 자연스러운 것에 대한 동질감은 어떤 이들의 도덕인가? 누가 정의한 것인가? 옷장 앞에 서서, 나의 글쓰기에는 목소리와 분노가 담길 수밖에 없었다.

　소설 속 모모와 마찬가지로 나 역시 이메일을 주고받는다. 나와 함께 이 SF의 세계를 확장하기를 원하는 독자가 있다면 옷장 안, 혹은 밖에서 이 주소 android.bbs@bbs.ntu.edu.tw로 접속을 시도해보시라. 퀴어 게임은 끝나지 않았다. 무지개는 끝없이 뻗어나갈 것이다.

　나는 소설의 뼈대를 세웠을 뿐, 거기에 살을 붙이고 혼을 불어넣은 사람은 MO다(심지어 소설의 제목 역시 MO의 이름에서 따왔다). 이 작품을 MO에게 바친다.

1

모모는 손을 뻗어 침실의 노란색 벽지를 어루만지고는 온실에서 재배한 복숭아를 한 입 깨물었다. 보드라운 분홍색 복숭아 껍질에서 과즙이 배어나왔다. 하지만 그녀는 자신의 피부 아래 신경망이 정말로 벽지의 노란색을 온전히 느꼈는지, 자신의 미뢰*가 정말로 과육의 달콤함을 빼앗아온 것인지 확신할 수 없었다. 물체와 인체 사이에는 늘 넘을 수 없는 경계가 존재하는 것 아닐까?

막, 이 세상에 대한 모모의 인상이다. 서른 살의 모모에게 세상은 언제나 한 겹의 막으로 둘러싸여 있는 듯 느껴졌다. 적어도 한 겹의. 물론 그녀가 작업에 사용하는 스킨팩 따위를 말하는 것은 아니다. 그녀는 보이지 않는 세포막에 온전히 둘러싸인 물

• 맛을 느끼는 감각 세포가 몰려 있는 세포.

벼룩이 되어 바닷속을 홀로 유영하는 느낌을 받곤 했다. 바닷물이 그녀의 온몸을 감싸고 있지만 정말로 몸과 닿아 있는 것 같지는 않은 느낌.

모모는 피부관리사다. 그녀는 타인의 얼굴과 자신의 손가락 사이에서 피부 관리용 해조팩이나 곤충팩 말고도 무언가 손님과 자신을 중개하는 또 다른 보호막의 존재를 느꼈다. 그녀는 사람들과 제대로 친분을 쌓거나 어울리지 못했다. 미묘하고도 설명하기 어려운 거리감이었다. 남들에게도 그녀는 신비로운 존재였고, 단골손님들조차 그녀를 까다롭고 특이하다고 생각했다.

그렇다. 거리감. 마치 여전히 모체의 양막 속에 있는 것과 같은. 모모는 어렴풋이 알고 있었다. 자신은 이 세계와 완전히 섞일 수 없다는 것을. 자신이 이 세계에 불필요한 존재처럼 느껴지기도 했다. 그렇다고 죽음을 떠올린 것은 아니다. 다만 어딘가 자신에게 더 어울리는 시간과 공간의 또 다른 세계가 있을 것만 같았다. 마치 나무에 불만을 품은 복숭아가 다른 복숭아나무로 옮겨가듯. 누군가는 이렇게 말할 것이다. 그래 봤자 다 같은 복숭아나무인데, 어느 나무든 똑같지 않나?

그렇지 않다.

복숭아나무 두 그루는 두 개의 서로 다른 소우주다.

□

복숭아는 모모와 아주 특별한 인연을 가진 과일이다. 복숭아의 달콤함은 늘 모모를 편안하게 했다. 입속 가득 과육을 머금고 있으면 동화와도 같았던 소녀 시절로 되돌아가는 기분이었다. 기숙학교에서 고학했던 10년 동안, 그녀는 잠들기 전 항상 제법 값이 나가는 온실 재배 복숭아 하나를 음미하며 먹었다. 혹사당한 몸에 약간의 비타민을 보충하고 하루의 노고를 치하하는 의미였다. 복숭아처럼 달콤한 꿈을 바라는 마음도 있었다.

그래서일까, 모모는 성격이 변덕스럽고 다가가기 어려운 사람이지만, 이 복숭아를 좋아하는 아가씨의 발그레하고 뽀얀 얼굴이 복숭아처럼 달콤하고 촉촉하다는 사실만큼은 사람들도 부인할 수 없었다. 그녀의 이름은 모모, 영어로는 MO-MO인데, 일본어로 MO-MO는 가나로 읽으면 복숭아라는 뜻이기도 하다!

모모도 어렸을 때 자신이 어디에서 왔는지 엄마에게 물은 적이 있다.

성교육 교본처럼 배꼽에서 튀어나오거나 쓰레기 더미에서 주워 왔다는 단순하고 무성의한 대답은 아니었다. 엄마의 말에 따르면, 엄마는 아주 오래전 한 친구와 여행을 갔다. 두 사람은 손을 잡고 언덕 위를 거닐다가 언덕 꼭대기의 복숭아나무 아래에 다다랐다. 나무에 열린 복숭아에서 매혹적인 향기가 뿜어져나왔고, 그 향기를 맡으니 온몸이 나른해지면서 행복한 기분이 들었다고 한다. 엄마의 친구는 농약을 친 것은 아닌지, 도둑으로 몰리는 것은 아닌지 따위는 신경도 쓰지 않고, 엄마에게 자신을 업게 하고 등에 업힌 채로 손을 뻗었다. 두 여인은 합심해 나무에서 가장 큰 복숭아를 땄다. 향기가 진동하는 커다란 복숭아는 사람 머리통만큼이나 컸다. 엄마는 잔뜩 흥분해서 친구에게 말했다. 중국 고대 전설에 복숭아를 쪼개 친구와 나눠 먹는 '분도分桃'에 관한 아름다운 이야기가 있는데, 남들은 이해할 수 없는 남다른 우정을 뜻해. 우리 복숭아를 쪼개서 반쪽씩 나눠 먹고, 우리 둘의 우정을 축복하자!

그리하여 이야기 속 그녀들이 복숭아를 쪼개려는 순간이었다. 칼이 껍질에 닿았을 뿐인데 뜻밖에도 복숭아 안에서 가느다란 울음소리가 새어나왔다. 복숭아 속에 갓난아이가 있었던 것이다! 두 여인은 몹시 놀랐다. 그러고는 이 아이가 분명 자신들의 딸일 것이라 믿었다. 그야말로 동화 속의 한 장면 같지 않은가!

아기의 얼굴은 발그레하고 단내가 흘러넘치는 것이 과연 복숭아에서 난 딸다웠다. 그래서 엄마의 친구는 아기의 이름을 '복숭아'로 하자고 제안했다. 엄마의 일본인 친구가 말했다. 복숭아에서 나온 아이에 관한 일본 고대 전설이 있는데, 이름이 모모타로桃太郎야. 복숭아가 일본어로 모모거든. 아이의 이름은 그렇게 결정되었다. 발음에 맞춰 한자는 '모모默默'로 정해졌다.

그렇다. 엄마는 모모에게 말했다. 그게 바로 너의 기원이란다.

이 괴이한 이야기를 어린 모모가 믿을 리 없었다. 어쨌거나 그녀는 21세기의 어린이로, '성'에 대한 기본 지식 정도는 갖추고 있었다. 하지만 모모는 이 이야기가 아주 특별하다고 생각했고, 그냥 받아들이는 것도 나쁘지 않겠다 싶었다. 약간 우쭐한 기분도 들었다. 꽤 낭만적인 이야기가 아닌가.

다만 모모는 묻고 싶었다. 엄마의 그 일본인 친구는 어디 있나요? 그 사람은 누구죠? 모모는 왜 본 적이 없는 거죠? 엄마는 우물쭈물하며 대답했다. 다퉜어. 친구 사이에 싸우고 헤어지는 일이야 워낙 흔하잖아. 그렇게 엄마는 홀로 작은 복숭아 모모를 떠맡게 된 것이다.

어린 모모는 속으로 생각했다. 나는 어른이 되어서도 친구와 싸우지 않을 거야. 나는 정말 마음이 맞는 친구랑 영원히 함께할 거야.

영원히. 반드시.

□

서른이 된 모모가 손에 가슴처럼 부드러운 복숭아를 그러쥐었다.

흠, 친구는 무슨! 지난 20년 동안 친엄마조차 만나지 못한 모모였다.

모녀는 참으로 오랫동안 만나지 못했다. 20년이라니! 하지만 꼭 만날 필요가 있을까? 이미 소원해진 관계를 다시 바로잡으려 한들 허울에 불과하지 않을까?

엄마는 성인이 된 모모가 궁금하긴 할까?

사실 모모 자신도 엄마가 어떤 모습으로 변했는지 보고 싶은 마음을 부인할 수 없었다.

모모는 복숭아를 든 오른손의 중지를 자세히 들여다보았다. 어딘가 생경하기는 했으나 제법 부드럽고 자연스러웠다. 최근에 받은 작은 수술이 떠올랐다.

얼마 전, 모모의 오른손 중지에 이따금 날카로운 통증이 느껴지더니 움직임이 썩 매끄럽지 않았다. 그녀는 동네의 셀프 건강 검진 시스템을 통해 중지에 생긴 문제를 알게 되었다. 비교적 흔한 직업병 같은 것이었으나 모모의 특수한 체질 탓에 손가락을 제거하고 새로 교체하는 생화학적 수술이 반드시 필요한 상황이었다. 모모는 수술이라면 넌더리가 났다. 특히 생화학적 수술은 하루빨리 떨쳐내고 싶은 기억이다! 하지만 일을 해야 하는 입장이라 손가락을 교체하지 않을 수는 없었다.

손가락 교체는 많은 돈이 드는 수술도 아니고, 과정이 번거롭거나 고통스럽지도 않았다. 병원에 가서 지정된 창구에 손을 쏙 집어넣으면 손가락 모형이 생성된다. 이튿날 다시 그 창구로 가면 즉시 국부 마취가 진행되고, 자신에게 꼭 맞게 준비된 손가락을 다시 장착하는 데 걸리는 시간은 30분이면 충분하다. 수술 후에는 한 시간가량 휴식을 취하며 혈관이 잘 연결되도록 기다린다. 그러고 나면 곧바로 일상적인 업무에 복귀할 수 있다.

모모가 중지 교체 수술을 싫어한 이유는 자신의 명성을 잃을

지도 모른다는 두려움 때문이었을까? 꼭 그렇지는 않다. 물론 모모와 같은 피부 미용 아티스트들에게 손가락에 문제가 생기면 나쁜 소문이 쉽게 따라붙는 것은 사실이다. 그녀의 사업적인 명예는 모두 자신의 손가락에 달려 있다. 피아니스트의 수준 높은 연주가 민첩한 손가락을 통해서만 진가를 발휘할 수 있는 것처럼. 모모에게 피아노란 손님이다. 그녀는 피아노의 품질을 따지지 않는다. 오직 자신의 손가락에만 의지하여 도저히 구제할 가망이 없는 음악을 살려낸다. 손가락을 이식한 피부관리사는 손가락을 이식한 피아니스트와 같다. 경쟁자들은 연주를 망치는 구경거리를 보려고 기다리고 있고, 손님들의 신뢰를 잃는 것도 한순간이겠지만, 모모는 그런 것에는 전혀 관심을 두지 않았다. 그녀는 자신의 손가락 교체 사실을 직접 매체를 통해 완전히 밝혔다. 애초에 모모는 자신의 명성이나 명예가 흔들릴까 겁을 먹지 않았다. 그녀는 자신이 가진 손재주를 믿었으며, 특히 그 '재주'가 '손'의 결함을 충분히 메울 수 있다고 믿었다.

그래서 그녀는 손가락을 잘라낼 때에도 명예가 실추될까 두렵지 않았다. 그녀가 두려워한 것은 그런 것이 아니었다.

그저 수술과 관련된 기억이라면 모두 끔찍했다.

□

모모가 리모컨 버튼을 눌러 천창을 열자 천창 밖으로 펼쳐진 반투명의 필름막이 드러났다. 액체의 하늘.

이곳은 고급 주택가에 속하는 지역이라, 일대의 상공을 뒤덮은 필름막은 퍽 깨끗하게 관리되었다. 말미잘이나 산호 따위가 들러붙은 곳도 없었다. 그래서 모모는 고개를 젖히면 필름막 밖으로 가늠할 수 없을 만큼 깊고 짙은 은빛과 푸른빛의 파도가 끊임없이 부딪치고 넘실거리는 광경을 볼 수 있었다. 크롬옐로의 물고기 떼가 필름막 바깥 세계를 질서정연하게 오갔다. 순간 날쌘 검은 그림자 하나가 잽싸게 물살을 뚫고 뛰어올랐다. 모모는 두 손으로 턱을 괴고 생각에 잠겼다. 아마도 MM인가봐. 바다와 육지 양쪽에서 사는 스나이퍼. 육지에서 또 군사 분쟁이 있었다는 소문이 도는 것을 보면 게릴라식으로 해저를 드나드는 MM이 보이는 것도 이상하지 않았다.

아마도 유년기의 호기심 같은 것이었겠지만, 어린 시절의 모모는 늘 바다 바깥의 육지 세계로 올라가보고 싶은 마음을 가지고 있었다. 하지만 끝내 뜻대로 되지는 않았다. 아동의 안전 보호라는 명분으로 성인만 육상으로 올라갈 수 있게 법률로 제정해놓았기 때문이다. 하지만 서른 살의 모모는 기꺼이 해저 도시의 한 모퉁이에 남았다. 육지 관광을 가겠다는 강렬한 욕망도 사라지고 없었다. 사업이 바쁘다는 핑계로 그녀는 아직 1000만 척 위에 떨어져 있는 꿈의 대륙을 밟아보지 못했다. 그렇지만 역시 어린 시절에는 육지가 몹시 궁금했다!

그녀는 복숭아 과육을 한 입 베어 물었다가 천천히 목구멍 뒤로 넘겼다.

□

잠든 모모의 손에서 복숭아가 미끄러지듯 떨어졌다.

꿈속에서 본 그녀는 육지에서 비참한 삶을 살고 있었다. 귀를 찌르는 소음이 그녀의 물고기처럼 여윈 몸뚱이를 파고들고 자외선이 백열 태양광선 아래에 노출된 그녀의 섬세하고도 생동한 피부의 세포막공을 찔러댔지만 그녀는 아무런 저항도 할 수 없었다.

서기 2100년의 여름, 깊은 바닷속 도시에서의 악몽이었다.

2

물결이 일렁이는 천창 아래, 모모 앞에 놓인 침대 위로 마치 실크에 수를 놓은 듯한 도미에의 발가벗은 몸이 웅크려 누워 있었다.

모모에게 안마를 받은 도미에의 등 근육과 피부에는 투명한 붉은색의 건강한 빛깔과 윤기가 감돌았다. 이미 반백이 넘은 나이에도 도미에의 몸에 깃든 깊은 숲과 같은 순수함은 조금도 손상되지 않은 듯했다. 물론 이것은 모모의 손끝에서 나온 결과물이었다.

모모는 도미에가 정말로 그 이야기 속의 강아지를 데려올 것이라고는 꿈에도 생각지 못했다.

강아지는 생후 몇 주 되지 않은 크기에 아이보리색 털이 수북했고, 사람을 쳐다보는 눈동자가 까맣고 윤이 났다. 모모가 조용한 은둔 생활을 좋아하는 것은 도미에도 잘 알 터였다. 그럼에도 도미에는 모모의 눈치를 살피는 기색도 없었다.

"모모! 너 주려고 데려온 강아지야. 동물을 좋아하는 보통 사람한테 평범한 반려동물을 선물하는 것과는 달라. 이 아이는 절대 평범하지 않거든. 나는 모모도 보통 사람이라고 생각하지 않고. 결코 지난번에 한 이야기 때문은 아냐. 아주 조용한 아이야. 성가시지 않을까 겁먹을 것 없어."

뜻밖에 모모도 거절하지 않았다.

"모모? 이름은 어떻게 할 생각이야?"

모모가 말했다. 앤디라고 부를 거예요. ANDY.

"모모! 장난이지? 이건 살아 있는 진짜 개야. 기계견이 아니라고. 그런데 어째서 그런 이름을 붙이려는 거야?"

모모는 고집스럽게 되받아쳤다.

하지만 나는 ANDY라는 이름이 좋은걸요.

일본에서 온 이토 도미에는 모모의 단골손님으로, 피부 관리실을 자주 드나들며 정기적으로 관리를 받았다. 요염한 도미에는 일본 디스크 잡지사의 타이완 특파원으로, 사건의 내막이나 이슈가 될 만한 뉴스들을 숱하게 발굴한 덕에 그동안 벌어들인 검은돈이 적지 않았다. 모모가 부르는 값이 저렴하지 않다보니 구매력이 상당한 재력가가 고객의 대부분이었다.

모모는 차분하고 사교를 즐기지 않았다. 하지만 피부관리사라는 직업의 특성상 고객과 친밀한 접촉은 필연적이었다. 그녀는 스무 살에 유명세를 얻고 서른 살에 경제적 기반을 다진 뒤 은빛 도시의 외곽에 한적한 소형 독신자 주택 겸 개인 작업실을 매입했다. 두 건축물은 두 개의 타원형이 잇닿아 있는 '∞' 자 형상을 하고 있었다. 모모는 오랜 고객들만 상대했고 사전 예약제로 운영했다. 그녀는 고객에게 비교적 전통적 방식인 '이메일'을 통한 연락만을 허용했다. 메일로 예약을 받는 것이다. 서신은 분명 확실하고도 조용한 편이니까. 모모가 가장 두려워하는 것은 영상 통화가 걸려오는 것이었다. 소란스러운 것은 물론이고 사생활도 침해된다. 모모는 특히 욕조에 몸을 담그고 있을 때 전화가 걸려오는 것을 몹시 싫어했다. 설마 엉덩이를 내놓은 채 전화를 받으러 뛰쳐나가라는 말인가?

모모는 단조로운 생활에 익숙했다. 그녀는 편지를 선호했으며 전화는 좋아하지 않았다. 또한 외출하는 일이 많지 않았고, 필요한 정보는 집에서 컴퓨터 모니터를 통해 얻는 것으로 충분했으며, '고퍼Gopher 검색 시스템'•을 사용하는 편이 신문을 뒤적이는 것보다 편했다. 쇼핑할 물건이 있으면 주문서를 작성해서 이메일을 보내면 그만이라 밖으로 나갈 일도 없었다. 그녀는 몇 년째 몸매가 망가지지 않고 유지되고 있어 헬스클럽에 갈 필요도 없었다. 헬스클럽에서 추파를 던지는 등의 사교 행위 역시 전혀 모모의 흥미를 끌지 못했다. 모모는 적막이 감도는 자신의 ∞ 자 형상의 건물에 기거하면서, 이따금 고대 카스트라토 파리넬리가 부르는 아리아 음반을 감상하는 삶을 영위했다.

• 웹이 개발되기 이전에 활발히 사용되던 대화식 정보 검색 서비스.

□

모모, 사람은 이름을 따라 간다지만 모모는 결코 이름처럼 '조용한' 무명은 아니었다.[*] 그녀는 출중한 실력 덕에 T시 미용 업계에서 가장 인정받는 마스터 중 한 사람으로 자리매김했다. 젊고 실력도 있었지만 모모의 조용하고 신비로운 이미지는 공작새처럼 화려하고 나서기를 좋아하는 동종 업계 사람들과는 완전히 달랐다.

바로 그 신비로운 이미지 때문에 도미에는 모모를 팔아 한몫을 챙겼다. 그간 피부 관리에 쓴 비용을 적잖이 회수한 셈이었다.

얼마 전 도미에가 디스크 잡지에서 기획한 특집 보도의 콘셉트는 뜻밖에도 지극히 복고적인 주제인 어머니의 날이었다. 제목은 더욱 단순하고 식상했다. '엄마와 나.' 도미에의 경쟁자들은 남몰래 쾌재를 불렀다. 도미에가 감이 떨어지고 더는 부릴 재주도 없어 그처럼 무성의한 테마를 내놓은 것이라 생각한 것이다. 그런데 이 가슴 따뜻해지는 디스크가 흥행에 성공할 줄 누가 알았겠는가. 연령대가 높은 독자는 가족의 정과 같은 케케묵은 감상에 젖었고, 신세기의 독자는 호기심으로 지갑을 열었다. 복고는 종종 유행하기 마련이니까. 해당 호의 광고 수익은 19퍼센트 증가했다. 중요한 구매 포인트 중 하나는 그 속에 실린 몇몇 인터뷰였다.

도미에는 자신과 모모의 친밀한 관계를 이용해 지금껏 언론과

• 모모默默는 조용하고 묵묵하다는 뜻이다.

의 인터뷰를 거부해왔던 모모가 모친에 관한 이야기를 털어놓게 만드는 데 성공했다. 생각해보라, (디스크북의 독자인) 육체적·정신적 아름다움을 극도로 중시하는 새로운 세대에게 T시에서 가장 신비로운 피부관리사가 매크로하드 출판 그룹의 홍보팀 수장이자 자신의 모친에 대해 직접 언급한 인터뷰라니, 그야말로 구미에 딱 맞는 감동적인 이야기가 아니겠는가!

인터뷰 당시 모모는 도미에에게 감정이 담기지 않은 말투로 사소한 기억을 진술했다. 그러면서 자신이 최근 손가락 수술을 받은 사실도 털어놓았다. 손님들이 자신의 손가락 교체 사실을 알고 작업실을 찾지 않는 건 아닐까 하는 염려는 조금도 담겨 있지 않았다. 하지만 도미에의 손을 거치면서 인터뷰에는 사업에 성공한 모친을 향한 딸의 사무치는 그리움과 슬픔이 가득 흘러넘쳤고, 모모의 모친은 손가락이 제2의 생명이나 다름없는 딸의 수술을 뻔히 알고도 안부조차 묻지 않는 사람으로 묘사되어 있었다.

디스크 잡지는 모모의 인터뷰와 함께 커다란 반향을 일으켰다. 모모는 BBS 전자 게시판에 새로 올라온 두 개의 토픽을 발견했다. 하나는 잡지가 불러일으킨 '엄마 찾기 열풍'이었고, 다른 하나는 정의감이 넘치는 일군의 비판이었다. 사람들은 BBS에서 매크로하드의 홍보팀 수장을 예로 들면서 잡지가 이 사회의 다양한 위선적 면모를 적나라하게 드러냈다고 목소리를 높였다. 높은 자리에 계신 여사님께서 평소 온화한 모성적 면모를 이용하여 가장 상업적인 판매 전략을 펼쳐놓고, 실제로는 하나 있는 딸에게조차 무심하기 짝이 없었다니. 결국 상황은 매크로하드의 홍보팀이 BBS에 정식으로 발표문을 게재해 공개적으로 해명하는 지경에 이르렀다. 홍보팀은 모든 것이 완전히 오해이며 계속해서 매크로하드의 훌륭한 이미지를 믿어달라고 소비자들에게 간청했다. 모모는 냉랭하게 지켜볼 뿐 논쟁에 끼어들지는 않았다.

□

"다시는 인터뷰를 하지 않을 거예요."

모모는 도미에를 원망했다. 또한 걸핏하면 도미에에게 휘둘리는 자신에게도 화가 났다.

"그리고 기자님, 절대로 제 이메일 주소를 유출하지 마세요. 그 열혈 독자들의 항의 서신이 내 메일함에 쏟아져 들어오는 꼴까지 보고 싶지는 않으니까."

모모의 손가락이 능숙하게 춤을 췄다. 수술을 받은 중지는 원래 있던 다른 손가락과의 호흡이 워낙 좋아서 작업에 전혀 지장을 주지 않았다.

"엄마와 나 사이에 더 이상은 할 말도 없어요."

도미에는 지난번 방문 때 모모에게 강아지 이야기를 꺼냈다. 손님들은 모모와 이야기하기를 즐겼다. 모모는 이야기를 잘 들어주는 사람일 뿐 아니라 별로 말이 없는 사람이기도 했으므로, 행여 다른 손님의 귀에 말을 흘려 난처해질 걱정이 없었다. 모모의 손

27

님 중에는 영화계와 예술계의 여러 스타와 남녀노소의 다양한 인종이 있었다. 어쨌거나 다들 VIP로 저마다 남들의 입에 오르내리고 싶어하는 약간의 허영심과 더불어 남들 입에서 자신의 고상하지 못한 이야기가 나돌지 않을까 하는 불안감을 갖고 있었다.

도미에는 모모에게 바깥세상의 은밀한 이야기들을 적잖이 들려주었다. 모모로 인해 영업 기밀이 위험해지지 않을까 걱정하는 기색도 없었다. 하지만 도미에가 이번에 늘어놓은 것은 돈이 될 만한 정보와는 거리가 먼 잡다한 이야기들이었다.

도미에는 꽤 많은 돈을 들여 진정한 잡종견인, 그래서 더 값이 나가는 똥개를 키우게 되었다. 개는 수줍음이 많은 천성 탓인지 일본식 단층집 마루와 은행잎으로 뒤덮인 바닥의 틈 사이에 숨어들기를 좋아했고, 새끼를 밴 후에는 아예 그 속에 숨어 나올 생각을 하지 않고 오직 먹고 마시고 용변을 볼 때에나 잠깐씩 얼굴을 비추는 것이 전부였다. 어느 날 도미에는 양갱을 곁들여 말차를 마시다가 문득 똥개를 본 지 너무 오래됐다는 생각이 들었고, 똥개가 마룻바닥 아래에 갇혔을지도 모른다는 데 생각이 미쳤다. 마루 아래에서 피비린내가 풍기면서 사태는 더욱 심상치 않은 분위기로 흘렀다. 그녀는 황급히 마루를 억지로 들춰보았고, 그 광경에 까무러칠 듯 놀랐다. 검붉은 핏자국이 낭자한 가운데 내장에 달린 혹 모양의 물체들이 어지럽게 뒤섞여 있는 것이 아닌가! 아마도 개는 마루 틈새에서 분만을 하다가 기력이 다해 미처 밖으로 나오지 못한 모양이었다. 굶주리고 지친 개는 마룻바닥 아래에서 무력하게 구조만 기다리고 있었다. 세상의 온갖 험한 꼴을 다 보았다고 자신했던 도미에였지만, 뜻밖에 고작 그 정도 광경에 심장이 요동치고 손발이 부들거렸다.

도미에는 애써 스스로를 진정시키며 피범벅이 된 살덩어리들을 노려보았다. 모두 여섯 마리의 작은 강아지였다. 그녀는 수의학에는 문외한이라 어떻게 새끼를 수습해야 할지 막막할 뿐이었다. 결국 가위로 핏덩이와 어미개 사이의 탯줄을 잘랐는데, 그 결과 상처에서 또다시 피가 뿜어져 나왔다. 도미에는 그제야 어미개를 핏물에서 건져내 씻기고 음식을 먹였다. 하지만 잘라낸 핏덩이들은 또 어찌한단 말인가? 강아지들은 저마다 막으로 둘러싸여 있었다.

가위로 막을 갈라야 하나? 도미에로서는 알 도리가 없으니 모험을 하는 수밖에 없었다. 여섯 마리 중에서 세 마리는 막을 가르고 세 마리는 그대로 두기로 마음을 먹었다. 한참을 우왕좌왕하면서 온몸에 피를 뒤집어쓴 도미에는 지치고 욕지기가 난 나머지 새끼들을 몽땅 쓰레기통에 집어넣고 뚜껑을 닫아버리고는 샤워를 하고 잠을 자러 가버렸다.

"그리고 어떻게 됐을 것 같아?"

한밤중에 도미에는 끊임없이 낑낑거리는 작은 울음소리에 잠에서 깼다. 소리가 나는 곳을 찾아가보니 쓰레기통 속에서 막을 가른 강아지 세 마리가 배가 고픈 듯 낑낑거리며 울고 있었다. 막으로 완전히 둘러싸인 다른 세 마리는 이미 질식해 죽은 상태였다.

"모모, 그때 나 문득 시적 감수성에 젖으면서 고대 중국의 어느 스님이 하신 말씀이 떠오르는 거야. '비悲, 흔欣, 교交, 집集.' 그건 제법 값이 나가는 강아지 세 마리를 잃었다는 슬픔도, 팔면 돈이 될 만한 강아지 세 마리를 얻었다는 기쁨도 아니었어. 죽은 강아지로 인한 괴로움이나 살아남은 강아지로 인한 희열도 아니었고."

"온전한 모습으로 막 안에서 죽은 강아지가 막을 뚫고 나와서 살아남은 강아지보다 꼭 불행하다고 볼 순 없죠."

"내 뜻을 이해했구나! 그 강아지들이 제법 컸어. 모두 성별은 없어. 예쁘기도 하고 시끄럽지도 않아. 한 마리 줄까? 모모?"

"괜히 떠보지 마세요. 덕분에 성가신 일이라면 이미 충분히 겪고 있으니까요."

"너한테는 돈도 안 받을게. 선물이야. 날조해서 만든 로봇견이 아니야. 진짜 살아 있는 잡종견이라고. 엄청 비싼 거야. 값으로 치자면 20세기의 똥개랑은 비교 불가지. 물론 진짜 개니까 똥도 싸고 로봇견보다는 깨끗하지 않겠지만, 요즘 같은 세상에는 오리지널 개똥 냄새를 맡을 수 있는 복도 아무에게나 있지 않잖아." 도미에가 코까지 킁킁거리는 모습이 꽤나 우스꽝스러웠다. "아이보리색 강아지 한 마리가 특히나 짖지도 않고 말썽도 안 일으켜. 아주 키우기 편할 거야. 너한테 선물로 줄게."

"저한테 왜요?"

"막을 뚫고 나온 강아지잖아. 네가 생각이 났어." 도미에는 알쏭달쏭한 표정을 지었다. "모모는 막 속을 고집스럽게 지키고 있는 몬스터 같아! 조수도 없고 애인도 없이 혼자 쓸쓸하게 작업실에 살면서 밖에도 안 나가고, 아마 섹스도 안 하겠지. 얼마나 처량해. 강아지라도 옆에 둬. 좋은 뜻으로 하는 말이야. 다른 의도는 없어. 게다가 너도 그랬잖아. 큰 병에 걸렸다고. 환자가 외로우면 안 돼. 곁에서 함께해줄 강아지라도 있으면 딱 좋지. 그 아이는 인간들과는 달라. 복잡하거나 까다롭지 않다고."

"도미에 씨, 저는 간단한 수술을 한 것뿐이에요. 무슨 죽을병에 걸린 환자처럼 말씀 마세요." 모모는 다정한 말투에는 소질이 없었다. "도미에 씨, 오늘은 어떤 관리를 해드릴까요?"

"모모, 고집부릴 것 없어. 다음엔 강아지를 데려올게."

□

모모는 손가락으로 도미에의 온몸 구석구석을 빠짐없이 훑어가며 근육을 이완시킨 뒤 도미에의 몸에 박피 로션을 잔뜩 얹었다. 진짜 박피는 아니고 그 로션을 발라야만 도미에의 몸에 씌워진 보양 '피부막'을 박리할 수 있었다.

모모에게 피부 관리를 받는 고객들은 누구나 자리에서 일어나기 전에 피부막 관리를 받았다. 이것은 그녀만의 비법으로 다른 피부관리사에게는 받을 수 없는 서비스였다.

피부막은 제2의 피부다. 평범한 미용 크림처럼 보이지만, 피부 관리 후 온몸에 바른 피부막은 보호막으로 변한다. 목기의 겉에 광택 도료를 바르거나 케이크 위에 단백질을 입히는 공정과 유사한 것 같으면서도 훨씬 형이상학적이었다. 피부막을 바른 알몸은 더욱 광택이 나고 주름이 생기지 않으며 피부에 적당한 긴장감이 유지된다. 외출 시에는 공기 중의 독소도 차단해준다. 또한 피부막은 고밀도의 생화학적 영양 구조를 가진 덕에 몸에 바르면 어떠한 기상 조건에서도 24시간 영양 공급이 가능했다.

게다가 피부막이라는 말에서 알 수 있듯 겉으로 보기에는 그냥 피부와 구별이 되지 않을 만큼 리얼했다. 손님들 중에는 피부막의 영문명 M-SKIN을 MORESKIN, 즉 '피부에 한 겹을 더했다'는 의미로 아는 이도 있었다. 피부막은 평범한 피부 관리 크림과는 완전히 다른 차원의 것이었다. 피부막은 물이나 땀에 씻기지 않는 것은 물론이고 알코올로도 닦이지 않았다. 일주일 내내 격렬한 섹스를 해도 닳거나 손상될 염려가 없었다. 오직 모모의 박피 로션을 발라야만 피부막을 진짜 피부로부터 분리할 수 있었다. 피부막을 바른 후에도 손님들이 불편함을 느낄 가능성은 없었다. 거부감이나 이물감은 향수보다 훨씬 덜 해서 실제로 많은 이가 자신이 피부 위에 한 겹의 피부를 더 얹었다는 사실조차 잊기 일쑤였다. 하지만 그렇다 해도 문제될 것은 없었다. 모모만 잘 기억하고 있다가 새로운 피부막으로 교체해주면 그만이니까.

□

모모는 조심스럽게 도미에의 두 다리 사이에서 피부막을 벗겨냈다.

행여 도미에의 음모가 뽑혀 아프지 않을까 걱정할 필요는 없다. 모모와 피부막은 모두 부드럽고 섬세했다. 전신의 피부막을 모두 벗겨낸 도미에의 나체가 새롭게 공기와 접촉했다. 하지만 도미에로 서는 피부와 공기가 맞닿는 감각조차 자각할 수 없었다. 인간에게 는 애초에 자신의 몸에 피부막이 씌워졌는지 여부를 판별해내는 능력이 결여되어 있으니까. 그러기에는 피부막이 아주 정교했다.

모모는 벗겨낸 피부막을 세심한 손길로 투명한 봉투에 담은 뒤 행렬에 맞춰 배열된 실버블랙 컬러의 서랍들 중 한 칸에 넣었다.

"모모? 다 쓴 피부막을 왜 그렇게 신줏단지 모시듯 하는 거야?"

"회수하는 거죠." 모모는 잠시 도미에를 바라보았다. "피부막에 쓰이는 재료가 워낙 고가니까 회수해야죠. 그런 거예요."

□

'회수', 전진적이고 세련된 이 20세기의 어휘는 21세기에 이르 자 속수무책으로 처량해졌다. 사람들은 바닷속에 자원이 많다고 들 말한다. 물론 맞다. 하지만 바닷속 자원을 사용 가능한 것으로 바꾸는 것은 결코 간단한 일이 아니다. 어쨌든 인류가 육지에서 생활하던 시절만큼 편리할 수는 없는 것이다.

3

20세기 말의 해저 인류가 20세기 인류의 생활을 상상하기란 결코 쉽지 않다. 가장 상상하기 힘든 것은 일광욕으로 피부를 구릿빛으로 그을리는 것과 같은 목숨을 건 행위가 돈 있고 한가한 사람들의 고상한 취미였다는 사실이다!

다만 육지 위의 태양이 위협적이고 물과 공기가 오염되기는 했으나 태양광과 물, 공기는 해저 주민의 삶에 필수 요소이자 여전히 육지로부터 비교적 쉽게 얻을 수 있는 자원이었다. 특히 태양 에너지는 반드시 육지에서 수집한 후 사용 가능한 형태로 전환해 해저 주민들에게 공급해야 했다.

야생 복숭아는 21세기 이전의 인류에게 육지의 시골에서 발견하면 자유롭게 딸 수 있는 과일이었으나, 21세기 중엽부터는 다른 채소나 과일과 마찬가지로 해저의 온실 속에서만 재배가 가능해졌다. 이처럼 신인류의 생명과 직결된 온실은 여러 자원에 완전히 의존해 유지되고 있었다. 태양, 물, 신선한 공기 및 양분을 취득하고 사용하는 방법은 고도로 복합적인 학문의 영역이었다.

□

20세기 말, 그러니까 1980년 이후 인류는 남극의 오존층에 균열이 생긴 것을 알아차렸다. 태양광 속 자외선을 여과하는 오존층의 능력이 감퇴하면서 이로 인해 피부암 발병 사례가 다량 보고되었다. 피부를 검게 그을리는 일은 더 이상 멋이 아니었으며 오히려 몸에다 무모한 장난을 치는 꼴이 되었다. 선글라스 본연의 용도가 새롭게 주목을 받았다. 선글라스는 더 이상 폼을 잡거나 무언가를 가리기 위한 도구가 아니었다.

과학계는 오존층을 파괴하는 프레온 가스와 같은 화학 약품 사용을 금지할 것을 호소하기 시작했다. 하지만 과학자들은 이미 잘 알고 있었다. 인류가 공기 오염을 줄인다는 것은 환경 파괴의 속도가 조금 늦춰지는 것에 불과하다는 것을.

세계는 이미 돌이킬 수 없는 지경에 이르렀다. 오존층의 천공을 처음과 같은 상태로 돌이키는 것은 불가능했다.

오존층은 점점 훼손되고 망가졌다. 자외선은 더욱 맹렬한 기세로 지구의 생명체를 향해 뻗어나갔다. 21세기 초, 피부암을 앓다 사망한 환자 수는 이미 다른 악성 종양과 뇌혈관병변 환자 수를 홀쩍 뛰어넘었고, 2009년 에이즈 백신의 전면적인 시행이 성공을 거두자 에이즈를 향했던 사람들의 공포는 전 세계를 휩쓴 피부병변으로 완전히 옮겨갔다.

태양광은 어떤 옷감이나 섬유로도 막을 수 없을 만큼 혹독해서 거금을 들여 무겁고 두툼한 우주복을 구해 입는 것만이 유일한 방법이었다. 여기서 말하는 우주인용 우주복은 고대 기성복 판매점에서 옛 타이완달러로 300위안 남짓이면 살 수 있던 시시껄렁한 옷과는 다르다. 태양광은 피부색을 막론하고 모든 인류에게 두려움의 대상이었지만 흑인들의 피부가 백인들에 비해 저항력이 강한 편이기는 했다. 그렇다보니 적지 않은 백인이 태도를 바꿔 흑인을 선망하기에 이르렀다. 그들은 마침내 흑인에게서 자신들이 도저히 필적할 수 없는 무언가를 발견하고 만 것이다.

2010년 이후로는 미국 본토에서 종족 문제와 일조 문제가 결합된 이슈가 등장하기 시작했다. 로스앤젤레스에서 2012년 한 해에 발생한 100인 이상 규모의 종족 폭동만 해도 69건에 달했다. 주로 백인이 주동해 흑인을 도발했는데, 피부암 환자의 대부분이 백인이고 흑인의 발병률은 현저히 낮다보니 백인들로서는 불공평하다는 생각이 든 것이다. 설마 하느님이 전례 없이 편애를 시작하신 것인가, 유색 인종만 아끼시고 백인들은 나 몰라라 하시다니! 그 밖에 흑인 신도만을 받는 종교 단체도 대거 출현했다. 종교의 유형은 기독교와 일관도*, 조로아스터교, 힌두교, 부두교 및 부활한 고대 이집트 신앙(고대 이집트인은 본디 아프리카의 흑인이 아닌가)을 두루 포함했으며 그들의 주장은 대략 이러했다. 조물주는 백인이 아닌 흑인이고, 백인에게 피부암 발병이 많은 것은 흑인들의 천지신명께서 드디어 백인들이 수천 년간 지속해온 인종차별을 직접 단죄하신 것이다. 적지 않은 미국 원주민과 아시아계 미국인들이 이에 동조했다.

하지만 기독교는 여전히 미국 내에서 가장 큰 영향력을 가진 종교였다. 적지 않은 종교계 인사들(피부색을 막론하고)이 자외선의 과잉은 기독교인에게 제2의 대홍수라 지적했다. 자외선은 마치 물처럼 지구상의 땅 구석구석으로 스며들었고, 모든 생명체의 등을 뒤덮었다. 인류에게는 피난소가 필요했다. 일조는 건축 구조나 의복 소재를 변경하는 것으로는 도저히 해결이 불가능한 심각한 문제였다. 자외선으로 인해 고통받는 것은 다른 동식물도 마찬가지였다. 물론 그중에서도 인간들의 주요한 관심사는 역시 경제적으로 관계가 밀접한 목축업이나 양식업, 열대 농업 등이었다. (그 밖의 동식물은 한동안 그다지 중요해 보이지 않았던 모양이다.) 기독교의 논리대로라면 지난 고대 홍수 때 인류가 지속될 수 있었던 것은 노아의 방주 덕이니 이번 홍수에도 응당 새로운 시대적 방주가 필요했다.

하지만 방주가 어디 있단 말인가?

일부 정부와 트러스트에서 새로운 시대의 노아 역할에 상당한

• 유불선을 융합하여 일관一貫한다는 의미로 타이완 일대에서 상당한 교세를 유지하는 종교 단체.

관심을 보였다. 그들은 마치 약속이라도 한 것처럼(21세기에는 정보 기관 및 탐정 업체의 눈부신 발달 덕택에 모든 정보와 상업 기밀이 마치 유령처럼 자유롭게 장벽을 넘나들며 유통되면서 전 지구적인 동기화가 이뤄졌다) 인류의 대규모 이민 감행이라는 위대한 결정을 내렸다 (동식물은 자연히 책임감 있는 인류와 함께 움직인다). 이는 인류 역사상 유례가 없는 최초의 시도가 될, 빙하기 공룡의 장려한 이동과 견줄 만한 사건이었다.

이 세계적인 VIP들은 누가 먼저랄 것도 없이 바닷속에 침몰한 아름다운 대륙 아틀란티스를 떠올렸다. 그 가운데 달콤한 클래식 남성 쇼비니즘 영화, 제임스 본드의 007 시리즈 중 「해저성」•을 본 이도 적지 않았다.

방주는 어디 있는가? 답은 이미 명확했다.

바로 해저였다.

□

바다는 가장 적합한 보호막이었다. 상당한 두께와 부피를 갖춰 인류와 온갖 생명체가 자외선으로부터 격리되기에 충분했다.

사실상 바다는 본래 지구 동식물의 고향이다. 태곳적, 지구상에 생물체가 존재하지 않던 지구에서 바다는 가장 먼저 식물의

• 「The Spy Who Loved Me」, 한국에서는 「007 나를 사랑한 스파이」라는 제목으로 개봉했다.

먼 조상을 키워냈다. 동물 역시 아주 느린 변화 끝에 물속에서 탄생했다. 최초의 동식물은 모두 물속에서만 생존이 가능했다. 당시 육지에는 강력하고 맹렬한 햇빛이 쏟아져 내렸다. 오존층이 아직 생성되기 전이라 자외선을 걸러줄 수 없었던 것이다. 바닷속 생물이 호흡을 통해 배출한 가스가 해수면을 뚫고 나가 공기 중에 모여 응집된 결과 오존층이 생성되었고, 그제야 햇빛을 두려워하지 않는 일부 용감한 동식물들이 오존층의 비호 속에 육지로 올라가 일광욕을 시작했다.

하지만 1억 년이 지난 21세기에 바닷속 고향으로 회귀하는 시대가 오리라고는 누구도 상상하지 못했다.

인류는 물고기나 새우처럼 물속을 헤엄칠 수 없으니 해저 도시 건설은 피할 수 없는 과제였다. 다행히 바닷속에는 자원이 풍부해서 적당한 변환만 거치면 해저 공동체로 옮겨 사용이 가능했다. 이와 더불어 인류의 태양 에너지 운용 기술이 나날이 고도화되어 육지에서 수집한 태양 에너지를 높은 효율로 해저로 운송하는 것 또한 가능해졌다. 태양에 쫓겨 해저로 들어간 인류였으나, 태양으로부터 나오는 막대한 이익을 취하는 것 또한 필연적이었다.

▫

도처가 초토화된 21세기 중엽, 인류는 결국 정식으로 대규모 바다 침공을 단행했다. 좋게 말하면 이민이었다. '황무지 개척'의 과정에서 끊임없이 발견된 해저의 석유갱과 탄전은 건설을 가속화하는 동력이 되었고, 갑작스럽게 증가한 일자리는 높은 실업률을 해소시켜주었다. 이로 인해 물속으로의 이민은 몹시 이상적이고 아름다운 사건처럼 여겨졌다! 인류는 아주 인도적으로 온갖 동식물들을 해저 도시로 이동시켰다. 물론 이번에는 바퀴벌레나 모기, 파리 따위는 최대한 배제하려고 노력했다. 그럼에도 반드시 이동시켜야 하지만 미처 생각해내지 못하고 빠트린 생물도 수없이 많았다. 이민 열풍이 해저 생태계를 침범하고 파괴하는 것은 당연하고도 피할 수 없는 일이었다. 하지만 인류는 스스로를 충분히 인도적이라 여겼고, 진심으로 미안하기는 하지만 어쩔 수 없는 일이라고 생각했다.

2060년, 지구상 인구 중 절대다수가 해저로 이주해 해저 인구는 전체의 99퍼센트에 이르렀다. 오직 1퍼센트의 인구만이 육지에서 일하며 돈을 벌었다. 공업과 상업, 농업과 목축업과 같은 인류 문명의 산물은 대부분 해저로 옮겨졌고, 육지에는 피라미드라든가 타이완 도처에 분포한 2·28 기념비(그래서 육지를 찾는 고고학자나 관광객도 여전히 존재한다)처럼 이동이 불가능한 거대한 고적만 남았다. 또한 심각하게 오염된 공장이나 원자력 발전소(그래서 발전소의 근로자들은 육지에 갇혀 해저로 내려갈 수 없었다)와 같은 해저 시민이 원치 않는 건축물, 교도소(각국 정부는 범죄자들을 육지에서 햇빛에 오래 노출시키는 것이 편리하고도 교육적인 징벌이라고 생각했다. 범죄자를 모두 햇빛에 타 죽게 하는 것이다! 전기의자가 필요 없다!)와 같은 교정 시설도 육지에 남았다. 지나치게 많은 인구를 감당하기 힘들었던 육지는 어느덧 인적이 끊기고 빈 건물만 가득한 공간이 되어버렸다. 물론 바닷속 대륙붕과 해구의 점유권을 놓고 다투는 여러 강대한 권력자가 본디 육지에서의 공훈과 업적을 쉽게 포기했을 리는 없으나, 다만 육지의 모든 것은 대체로 중국 만리장성과 같은 길을 걷게 되었다. 백성을 억압하여 세운 공적이 나중에는 관광산업의 구경거리로 전락하고 마는 것이다! 그것이 가진 웅장함과 아름다움은 오히려 그 부조리함에 아이러니한 주석을 남길 뿐이다.

육지에는 새로운 인공 경관이 나타나기 시작했다. 이는 선조들로서는 상상할 수 없는 새로운 풍경으로, 20세기의 랜드 아티스트 크리스토의 작품보다도 훨씬 화려하고 더욱 실용적이었다. 끝없이 늘어선, 마치 암세포처럼 넓게 퍼진 '솔라 파크', 논밭처럼 길게 이어진 태양 에너지 수집판은 인류가 해저에서 구하기 힘든 에너지원을 수집하기 위해 고안된 것이었다.

솔라 파크 외에도 육지에는 적지 않은 신흥 산업이 속속 생겨났다. 그중에서 가장 눈길을 끄는 것은 안드로이드Android 제작 공장이었다.

안드로이드는 간단히 말해 인간과 로봇의 중간쯤에 있는 창조물로, 반인반기半人半機라고도 부른다. 외형적으로는 인류와 매우 유사하지만 고온과 일조에 강하고 화학 약제에도 끄떡없어 작업 능력에 있어서는 기계 못지않다. 안드로이드는 로봇과 다름없이

41

공장에서 만들어지지만 로봇에게는 없는 인류의 손재주와 같은 세심함을 갖고 있었다. 그 덕에 안드로이드는 인류를 대신해 정밀한 수공예품을 만들어냈다. 안드로이드의 손은 로봇보다 정교했고, 효율은 인간보다 뛰어났으며, 학습을 거치면 기초적인 인류의 사유를 습득할 수 있었다. 이처럼 손쉽게 응용이 가능한 덕에 안드로이드는 육지와 해저 도시에서 크게 인기를 끌었다.

안드로이드는 육지에서 인류를 대신해 판단이 특별히 필요하지 않은 작업들을 수행했다. 교도관이나 유적지의 관리자 겸 매표원, 심각하게 오염된 공장의 근로자, 해륙 간 교통 운수 담당관 등 일조량으로 인해 인력을 구하기 힘든 육지 근로를 도맡았다. 안드로이드는 인류 대신 육지에서 고생을 해주었다. 해저 도시에도 안드로이드가 있었다. 다만 사람들은 결코 그들을 인류와 동등하게 대하지 않았다. 안드로이드에게는 시민권도 없고, 권리나 의무도 없었으며, 생식 능력도 없었다. 그들은 코딩으로 출하된 상품에 불과했으나 그럼에도 인류에 몹시 가까웠다. 안드로이드의 장기와 조직은 인류와 유사하면서도 훨씬 뛰어난 내구성을 가지고 있었다. 그런 탓에 안드로이드는 흔히 가장 적절한 장기 공여자로 취급되었다. 인류는 안드로이드가 뇌사에 이르기도 전에 이식 수술을 단행했다. 안드로이드의 사용에는 고려해야 할 법률적 문제도 없었고, 안드로이드의 존엄 따위는 더욱 생각할 필요가 없었다.

하지만 안드로이드가 가장 각광을 받는 사용처는 의료나 이식이 아닌 군사 분야였다. 안드로이드를 생산하는 공장에서 가장 까다로운 업무는 바로 쉴 새 없이 몰려드는 MM의 주문을 처리하는 것이었다.

MM 또한 안드로이드의 한 종류로 전자동으로 구동이 가능하고 인류를 수송할 수 있는 능력을 갖춰 21세기 중엽부터 특수 기능을 가진 운송 수단으로 자리를 잡았다. 그리고 2075년부터는 결국 사람들의 예측을 벗어나지 않고 국가와 기업의 게릴라전에 투입되는 무기로 정식 사용되기 시작했다.

21세기 중엽 이후로 더 이상 대규모의 전쟁은 일어나지 않았으나 육지와 해저에서의 게릴라전은 끝날 기미가 보이지 않았다. 쟁취할 것이 아직 너무도 많은 탓이었다.

인류가 흥분 속에서 착실하게 해저 세계를 개발해나가는 21세기 중엽의 모습은 마치 고대의 식민지 열풍을 재현한 듯했다. 또한 낙관적이고 진보적인 시대의 흐름에 발맞추어 국가 및 기업 간의 공방전 역시 전에 없이 치열한 형태로 나타났다. 태양이 빛나는 육지는 나날이 황무지로 변해갔으나 각국은 여전히 육지에 군대를 주둔시켰으며, 한순간의 부주의로 한 뼘의 땅이라도 잃게 될까 전전긍긍했다. 해저에서는 권력자들 간의 영토 쟁탈전이 더욱 극심했다. 처음에는 각국의 탈취와 실력 행사가 이어졌으나 다행히 2059년 신샌프란시스코 협정(해저의 그 샌프란시스코)으로 각국의 욕망에 제동이 걸렸다. 육지에서 국가별로 점한 영토의 면적에 따라 해저 토지를 분할하자는 주장이 제기된 것이다. 이로써 각국의 뷔페식 땅따먹기도 점차 소강상태에 접어들었다.

뷔페란 본디 스스로 음식을 덜어 먹는 유럽식 레스토랑을 뜻한다. 식사량만 받쳐준다면 얼마든 먹어도 괜찮다. 하지만 많이 먹은 뒤에는 탈이 나기 마련이다. 역사가들은 21세기 해양 개척을 뷔페에 비유했다. 각국은 결국 '비율에 따라' 해저 영토를 분할했다. 다만 이 '비율'은 원래 육지에서의 인구나 토지의 많고 적음이 아닌 각국의 정치와 군사, 경제적 힘에 의해 결정되었다. 육지에서 프랑스의 영토는 알제리보다 작았으나 해저의 신프랑스는 신알제리보다 여섯 배 커졌다. 광대한 태평양의 4분의 3은 미국과 일본, 중국 3개국이 점거했고, 나머지 4분의 1은 대부분 파나소닉과 미쓰비시, 도요타, 포르모사 플라스틱, 닌텐도 등의 기업에게 돌아갔다. 태평양에 위치했던 여러 소소한 왕국은 해저로 들어간 뒤에도 계속해서 소소함을 강요받았다.

신타이완은 비록 태평양에서는 만족할 만한 면적을 취득하지 못했으나 남중국해 영역에서는 제법 타국의 부러움을 샀다. 신타이완은 최소한 남쪽 바다에서는 패권을 장악했으며, 순조롭게 동남아 금융 중심의 위치에 올라 당당히 위세를 떨치게 되었다.

□

이러한 역사의 발전은 사실 모두 무수한 힘겨루기와 다툼의 결과로, 힘을 겨루는 방식에는 당연히 군사력이 포함된다. 하지만 지난 세기에 치른 전쟁의 악몽 탓인지 인류는 전쟁의 불꽃을 해저에 새로 건립한 아름다운 신세계까지 끌고 들어가기를 원치 않았다. 인류는 모든 추악한 것을 태양이 이글거리는 육지 위에 남겨두고 싶어했다. 신샌프란시스코 협약에 따라 혹여 불가피하게 전쟁이 발발하더라도 반드시 육지를 주요 전장으로 삼았고, 수중전은 엄격히 금지되었다. 이로 인해 제법 참신한 전쟁이 등장했다. 전쟁의 주인공과 영웅의 자리는 피 튀기지 않지만 더욱 잔인무도한 MM이 차지했다. 인류는 명철보신의 자세로 해저 국가에 머물면서 각종 전자 전송 설비를 통해 황폐하고 뜨거운 대지 위에서 쉴 새 없이 벌어지는 각종 전투를 감상했다. 마치 닌텐도 게임기에서 진행되는 게임의 방관자처럼. 하지만 게임과는 비할 바 없을 만큼 사실적이었으며, 결코 개인과 무관하지도 않았다.

보랏빛 하늘 아래, 육지의 아래이자 바닷물의 위, 방수방진의 필름막의 비호하에, 인류는 마치 온실 속에 있는 듯 살아갔다.

하지만 인류는 꽃이 아니다.

사람들은 전쟁에서 멀어졌고, 새로운 형태의 진실한 삶을 향해 몸을 던졌다.

사람들은 믿었다. 그것이 진실한 것이라고.

4

강아지 앤디가 모모의 발 옆에 얌전히 웅크리고 앉았다. 모모
는 평소와 다름없이 컴퓨터를 켜고 예약 신청서가 있는지 살폈다.

생각지 못한 이메일 한 통이 눈에 띄었다.

손님에게서 온 것은 아니었다.

모모는 줄곧 손님들에게 특정한 격식에 맞춰 메일을 작성해 보
낼 것을 요구해왔다. 따분한 부류들이 이곳저곳에 난발한 메일들
을 보고 싶지 않아서였다. 마치 20세기 말 메일함에 넘쳐나던 DM
이나 한밤중에 불쑥 걸려오던 발신번호 표시제한 전화와 같은.

모모는 메일을 열어보기도 전에 속으로 투덜거렸다. 아마도 도
미에의 보도가 일으킨 풍파에 어느 한가한 독자가 메일 주소를
알아내 민폐를 끼치는 것이겠지!

그럼에도 모모는 메일을 삭제하지 않고 내용을 훑어보았고, 내

심 놀랐다. 하지만 까무러칠 정도는 아니었다. 모모도 언젠가 이런 메일이 올지도 모른다는 생각은 해본 적이 있었다.

다만 그녀는 그것이 마침내 정말로 눈앞에 나타나는 순간까지는 미처 예상하지 못했다.

NEW-TAIWANET, E-MAIL BOX

TO: MOMO.BBS@NEWTAIWAN.NEW-ASIA.EARTH.SOLAR

FROM: PRESIDENT.BBS@SALES.MACROHARD.EARTH.SOLAR

모모:

최근에 손가락 수술을 했다는 이야기를 듣고 몹시 걱정했어. 하지만 도저히 자리를 비우고 빠져나갈 수가 없었단다. 손가락을 교체한 뒤에도 일에는 아무런 영향이 없다는 이야기도 들었어. 정말 다행이야. 네가 어릴 때 아파서 병원에 입원해 있던 시절이 생각이 나더구나. 얼마나 네 곁에서 너와 함께 있고 싶었는데! 네 서른 번째 생일이 얼마 남지 않았지? 우리 모녀가 스무 해나 만나지 못했는데, 이번엔 정말 꼭 만나야지! 마침 내가 휴가도 쓸 수 있고. 지난 스무 해 동안 네 곁에 있어주지 못한 엄마를 너무 원망하지는 마. 엄마도 사정이 있었어! 메일로 시간을 정해서 내가 찾아가면 어떨까?

엄마

2100년 5월 5일 밤 12시 59분

PLEASE CHOOSE: (R) REPLY, (C) CANCEL, (E) EXIT

REPLY를 누르고 답장을 해야 하는 것일까?

CANCEL, 없애버린다?

아니면 EXIT, 아예 없던 일로 생각해버리는 건?

모모는 자신이 C나 E 버튼을 누를 것이라 생각했다. 하지만 모니터에 새로운 화면이 뜨는 것을 본 뒤에야 자신이 누른 것이 R 버튼임을 인지했다.

답장이라, 엄마에게?

엄마가 메일을 보내왔다. 하지만 어째서 일이 이 지경(모모가 잡지에서 어색해진 모녀 관계를 원망했고, 독자들은 매크로하드 마케팅 수장의 위선을 의심하는)에 이르러서야 이토록 민망하도록 민첩하게 뒷북 메일을 모모의 손에 밀어 넣은 것일까? 엄마는 '마침' 휴가를 쓴다고 했다. 혹시 매크로하드에서 엄마에게 휴가를 쓸 것을 강요했는지도 모른다. 소문을 잠재우는 데 얼마나 간편한 핑계인가. 나를 찾아온다고? 수술을 마친 지도 이미 한참 지났는데!

하지만 모모가 키보드를 두드려 작성한 내용에는 자신의 의혹과 원망이 조금도 담기지 않았다.

그녀는 그저 적당한 날짜만 입력했다.

내 생일로 정하면 되겠지. 얼마나 아이러니한가. 20년을 떨어져 지낸 모녀가 딸의 서른 번째 생일에 마침내 조우한다니.

메일은 성공적으로 발송되어 까마득히 먼 곳을 향해 날아갔다.

□

　지금의 엄마는 전자 출판 기업 매크로하드의 마케팅 책임자로 문화 산업계의 전기적 인물 중 하나다.

　반어적이지만 하이테크놀로지 출판이라는 새로운 산업의 성공은 여전히 비교적 전통적인 직접 판매 수완에 의존하여 실현되었다. 모모의 엄마는 젊은 시절 바닥에서부터 무식하고 용감하게 시장을 개척하던 존재감 없는 영업사원 중 하나였다.

　21세기 초 종이 인쇄 출판물 시장은 극도로 위축되었다. 종이 없이 디스크를 활용한 전자 출판업은 기세등등하게 인쇄 출판 시장을 완전히 집어삼켰고, 동시에 전 지구적으로 독서에 대한 흥미를 새롭게 북돋웠다.

　이 성공적인 문화 캠페인은 전 세계의 지지를 얻었다. 각국은 육지를 떠나 바다로 들어간 이래 줄곧 육지의 고유한 문화를 완벽하게 이전하지 못한 것 같다는 생각을 떨치지 못했다. 그로 인해 문화 보전의 중요성을 더욱 절실히 깨닫게 되면서 디스크북은 가장 이상적인 문화 소장품으로 떠올랐다. 인류의 지혜로운 문명을 디스크에 담아두기만 하면 100년이 지나도 썩지 않는다. 설령 그다지 지혜롭지 않은 문명이라고 해도 디스크가 악취를 풍길 염려도 없다. 그리하여 많은 나라에서 디스크북 시장의 확대에 적극적으로 발 벗고 나섰다.

　소위 '신세기 문예 부흥'이 그렇게 탄생했다. 이는 명분도 제법 그럴듯했지만 실질적으로도 21세기의 곤궁한 작가들이 굶어 죽거나 길바닥에 나앉지 않고 계속해서 글을 쓸 수 있게 해주었다. 이번 문예 부흥을 옛날 유럽의 그것과 비교했을 때, 그중에서도 메디치가와 유사한 문화 기업이 바로 '매크로하드Macro-hard'였다. 매크로하드의 디스크 출판업은 21세기 초부터 마이크로소프트의 기세(20세기 말 지구를 휩쓸었던 윈도 컴퓨터 작업 시스템이 바로 이 대기업에서 나왔다)에 필적하더니 오늘날에는 아예 스타급 출판 기업으로 자리매김했다. 매크로하드는 이름이 가진 선견지명과 중량감을 몹시 자랑스럽게 여겼다. 이름만 들어도 벌써 강대한 힘이 느껴지기는 하지만 물론 이 이름의 허세와 경솔함을 싫어하는 사람도 항상 있었다.

엄마는 매크로하드가 초기에 채용한 디스크 전집의 영업사원이었다. 실적이 꽤 괜찮았던 엄마는 판매부의 연구 보조가 된 이후 승승장구하여 판매부 총책임자의 자리까지 올라갔다. 엄마가 총책임자의 자리에 오르기 전 마지막으로 활약한 게 바로 디스크 백과사전의 부록인 21세기 해독 대사전(증정용 비매품으로 판매는 되지 않았다)이었다. 그 안에는 누구나 한 대씩 가지고 있는 컴퓨터의 바이러스를 치료하고 식품이나 공기에 의한 중독(이런 일은 21세기에 훨씬 더 증가했다)을 해독하며, 사람들이 바이러스를 흡입하고도 중독되지 않는 법 따위가 실려 있었다. 해독 대사전은 소비자들로부터 폭발적인 호응을 얻었고 백과사전의 판매량도 덩달아 100만 부가 증가하여 엄마가 승진을 하지 않는 것이 오히려 이상한 상황이었다. 실제로 그 디스크는 엄마가 온 힘을 쏟아 성사시킨 업적으로, 그 속에 실린 중독 사례 삽화의 모델도 그녀가 직접 맡았을 정도였다. 그녀의 붙임성 좋은 얼굴은 아주 설득력 있어서 모니터를 통해 그녀가 중독 사례의 시범을 보이는 장면을 본 독자들은 예외 없이 깊은 인상을 받았다.

엄마가 판매부의 총책임자가 되었을 때, 고작 스물셋에 불과했던 모모는 막 피부 관리 고급 기능사 면허를 획득했다. 모모는 높은 자리에 있는 엄마를 이용해 자신의 지위를 높이는 것을 혐오했다. 모모는 이를 악물고 온 힘을 다해 자신의 인생을 개척했고, 얼마 후 일을 갓 시작한 햇병아리나 다름없는 신분으로 아태 지역 창작 미용 피부 관리 분야에서 대상을 거머쥐었다. 수상작은 아름다운 인도네시아 소녀를 신화 속 카나리아로 형상화한 작품으로, 제목은 '참을 수 없는 존재의 가벼움'이었다. 명성과 재물을 함께 얻은 모모는 개인 작업실을 열고 이름을 '카나리아'로 지었다. 대중의 관심이 그녀에게 쏠리기 시작하면서 그녀가 바로 매크로하드 마케팅 여왕의 자랑스러운 딸이라는 사실도 알려졌다.

"내가 무슨 엄마의 대단히 자랑스러운 딸인 것처럼 강조하지 마세요. 꼭 엄마를 등에 업고 이 자리까지 올라왔다는 암시 같잖아요. 나는 완전히 독립적으로, 바닥에서부터 시작했어요. 어떤 특수한 신분이나 배경에도 의지한 적 없어요. 내가 내 일에 쏟은 노력을 존중해주세요!"

모모는 본래 매체를 통해 더 해명할 생각이 없었으나, 어느 기자 손님의 꼬드김에 넘어가 하는 수 없이 자신의 입장을 밝혔다. 그 기자가 바로 이토 도미에였다.

하지만 매체는 내친김에 모모를 젊은이의 모범으로 포장했다.

독립적이고 자주적으로 진정한 성공을 이뤄내고 보란 듯이 눈부신 성적표를 내민 새로운 세대의 반항적인 스타라니, 끝내주지 않은가! 모모는 이런 식으로 자신에게 날아와 붙는 왜곡된 칭송을 더는 상대하고 싶지 않았다. 그저 자신이 새로 사들인 작업실 겸 독신자 숙소에 혼자 있고 싶을 뿐이었다. 각종 전자 잡지에 뜬 소문이 나돌아 그녀를 당혹스럽게 만들기는 했으나, 그 덕에 작업실에는 손님들의 발길이 끊이지 않았다. 모모가 오만방자하거나 스스로 내세우는 것을 좋아하지 않는 성격이었기에 망정이지, 그마저도 아니었다면 시기와 분노로 눈이 벌건 동종 업계의 경쟁자들이 테러리스트를 보내 '카나리아'를 폭파했을지도 모를 일이다.

하지만 그 모든 것이 어찌 모모가 꿈꿔온 성공적인 삶이겠는가?

◻

모모는 성공이라는 달콤한 열매에 도취해본 적이 없었다. 오히려 여전히 경쟁 속에 놓인 채 계속해서 알 수 없는 곳을 향해 나아가는 듯한 기분이었다.

힘겨루기라는 원초적인 방식. 두 마리의 곤충 혹은 야수, 혹은 인간이 서로의 먹살을 잡고 버티며 우열을 다투는 것.

모모가 벌인 것은 간접적이면서도 더욱 번거로운 힘겨루기였다. 시합에 걸리는 시간 역시 무한히 길게 이어졌다. 그녀는 이런 식의 힘겨루기가 몹시 허무하게 느껴지기도 했다. 하지만 상대가 모모의 노력을 대수롭지 않게 여겨도 모모는 꿋꿋하게 계속해나갔다. 이 끝없는 시합은 남들에게 보이기 위한 쇼도 아니고, 상대를 향한 시위도 아니었다. 그저 스스로에게 떳떳하기 위한 것일 뿐. 모모는 자신이 그 시합을 계속해나가는 것만으로도 충분히 이긴 것이라 생각했다. 최소한 진 것으로 볼 수는 없다. 상대는 워낙 가진 것이 많으니 이긴다 한들 이득이 없다. 다만 만약 모모가 스스로 힘겨루기를 그만둔다면 시합은 저절로 끝이 날 것이고, 승부도 더는 의미가 없을 것이다. 모모가 과거 경쟁에 쏟아부은 노력과 고집도 모두 헛수고가 되어 액체의 하늘 속 거품으로 변해 바다 위를 떠다니다 쏟아지는 햇빛 아래 산산이 부서질 것이다.

생각할수록 불가사의했다. 모모 스스로도 황당했다. 그러나 그녀도 이 모든 것이 이성적인 판단이 아닌 감정의 이끌림에 의한 것임을 알고 있었다.

모모의 상대는 엄마다.

□

모모는 엄마를 원망했다.

모모는 어린 시절의 모든 불행이 전부 엄마와 관련이 있다고 믿었다. 당시 집을 떠나 기숙학교에 들어가 엄마와 멀어지는 길을 고집한 것도 그 때문이었다. 하지만 모모를 가장 분노하게 만든 것은 자신의 생각과 달리 엄마가 저자세를 취하며 비위를 맞추려 들거나 용서를 구하며 집으로 돌아올 것을 구걸하지 않았다는 사실이었다. 엄마는 모모의 고단하고 힘들었던 기술 연마에 아예 관심조차 없었다.

모녀지간에 한번 힘을 겨뤄보는 거다. 누가 누구한테 고개를 숙이는지 보자!

하지만 모모는 비참하고 고통스러운 의심을 품지 않을 수 없었다. 엄마의 마음속에는 오직 매크로하드만 존재할 뿐, 자신의 존재는 없는 것이 아닐까?

나중에는 이런 생각도 들었다. 혹시 자신과 엄마 사이에 그저 친족이라는 관계만 남은 것은 아닐까? 소위 가족 간의 정이니 천륜이니 하는 것들은 전부 외부 세력이 강제로 부여한 문화적 의미가 아닌가? 만약 엄마와 자신이 단지 인간 세상에서 이처럼 우연히 스친 인연일 뿐이라 한들 또 어쩌겠는가? 굳이 연연할 것이 있을까?

하지만 디스크북에서 영업사원 특유의 미소를 띤 엄마의 얼굴과 마주할 때마다 모모의 마음속에는 뜻 모를 분노가 치밀었다. 당신은 위선적이야! 자기 딸도 잊어버린 사람이 웃는 낯으로 소비자한테 다가간다고?

모모는 혼잣말처럼 되뇌었다. 당신이 없는 셈 치면 돼. 나도 잘 살아갈 수 있어. 두고 봐.

　그런데 경쟁 상대인 그 엄마가 정말로 자신을 보러 오겠다는 것이다.

□

　천창으로 비치는 빛의 물결 아래, 노란색 벽지로 둘러싸인 방 안에서, 모모와 앤디는 서로를 마주보고 앉은 채 아무런 말이 없었다. 사람과 개 사이에는 말이 필요치 않다. 조용하고 깔끔한 강아지였다. 기계견이나 다를 바 없이 기르기가 수월했다. 모모는 복숭아 한 조각을 잘라 앤디에게 먹였다.

　모모 스스로 생각해봐도 신기한 일이었다. 줄곧 혼자 살며 동거인이나 룸메이트를 거부해온 자신이 순순히 개를 받아들이다니! 외로워서 그런 것도 아니었다. 서른 살의 모모는 다양한 손님들을 만나며 직업적인 요구에 의해 손님과 대화를 나눠야 했다. 하지만 기본적으로 그녀는 사람들과 가깝게 어울리지 않았다. 모모는 적적하고 쓸쓸한 것이 좋았다. 10년 전 피부 미용 학교를 졸업하고 이 분야에 막 뛰어들었을 때, 그녀는 다른 새내기들과 함께 대형 뷰티 클럽에 소속되었다. 마이크로소프트와 관련된 기업이었다. 모모는 자신까지 맥크로하드 밑에서 일하고 싶지는 않았다! 젊은 피부관리사들이 비둘기장처럼 칸칸이 나뉜 관리실에 각각 자리한 채 클럽 회원들이 각 방으로 분배되어 들어오기를 기다렸다.

모모는 피부 관리와 같은 예술 활동이 이처럼 예술가의 자주성이 결여된 환경에서 행해지는 현실을 견딜 수가 없었다.

모모는 시간을 선택할 수 없었다. 회사는 피부 관리에 소요되는 시간을 엄격히 규정했다. 대상을 선택할 수도 없었다. 자신과 전혀 맞지 않는 수많은 손님이 그녀의 방으로 밀려들어왔다. 장소를 선택할 수도 없었다. 자신이 클럽의 한 층에 빽빽이 들어찬 비둘기장 속 풋내기 관리사들 중 하나라는 사실을 인지한 순간, 모모는 자신이 지구의 육상 중금속 공장에서 일하는 안드로이드 노동자나 다를 바 없이 느껴졌다. 기계화되고 창의적이지도 않다! 그녀는 매일같이 출퇴근을 반복하는 생활도 좋아하지 않았다. 이는 스스로를 조직이라는 틀 속의 부품처럼 느끼게 만들었다. 그녀는 조직의 일부가 되고 싶지 않았다. 조직 생활의 성가신 일들이라면 학교에서도 이미 충분히 경험했다!

그런 어려움 속에서도 모모는 스물셋의 나이에 결국 한 단계 더 높은 고급 피부 관리 기능사 자격증을 취득했고, 머지않아 아태 지역 창작 미용 피부 관리 대상을 수상하면서 마침내 대형 클럽을 벗어날 수 있는 사업 밑천을 마련해 자신만의 관리실을 운영하게 되었다. 그 작업실의 이름이 '카나리아'였다.

피부 관리 분야에 투신한 20여 년의 세월(10대는 전문학교에서, 20대는 직장에서) 동안 모모는 줄곧 사람들과의 친밀한 관계를 요구받았다. 피부 관리는 다른 사람의 얼굴을 마주하는 것에 그치지 않고, 그들의 몸을 직접 보고, 만지고, 그 속까지 스며들어야 하는 일이다. 심지어 알몸을 말이다. 이 같은 육체적인 친밀함은 때로 타인의 감정을 조금씩 움직이기도 한다. 아마도 학창 시절의 친구나 나중에 만난 손님들도 그랬을 것이다. 하지만 모모는 그런 종류의 친밀감을 원치 않았다.

모모의 가슴이 봉긋해지고 아랫도리에 검은색 털이 자라기 시작한 그해, 모모와 자주 짝을 이뤄 실기 수업을 듣던 여학생과 모모 사이에 한 차례 파란이 일었다. 실기 수업에서는 두 학생이 한 조를 이뤄 돌아가면서 상대의 알몸에 마사지를 하거나 오일을 발라 각질을 제거하는 식의 실습이 진행되었다. 모모와 같은 조였던 그 가련한 여학생 로라는 신미국에서 아태 지역으로 이민 온 백인으로, 복고풍 바비 인형을 떠올리게 하는 희고 고운 얼굴을 가지고 있었다. 수업 시간에 서로의 몸을 접촉하는 날이 많아지면서 로라는 모모를 어루만지고 싶은 사적인 감정을 견디기 힘들었다. 로라는 모모라는 소용돌이 속으로 깊이 빨려들었다. 로라는 모모에게 호감을 표시했으나 모모는 반응을 보이지 않았다. 로라는 혼자 의심했다. "모모 너도 여자잖아. 여자를 좋아하지 않는 거야? 설마 남자를 좋아해?" 모모는 모욕을 당한 기분이 들어 몹시 화를 냈고, 더욱 쌀쌀맞은 낯으로 일관했다. 모모는 피부 관리와 사적인 시공간에서의 친밀함은 완전히 별개라고 생각했다. 로라는 끝내 참지 못하고 한밤중에 모모의 기숙사로 찾아왔다. 그녀는 발가벗은 채 모모의 흰색 이불 속으로 파고들어 모모에게 안아달라고 애원했다. 하지만 모모는 꿈쩍도 하지 않고 책상 앞에 앉아 디스크북을 읽으면서 느긋하게 손톱 손질을 계속했다. 모모에게 신체란 각자의 사유 재산이었다. 자신은 이를 대신 운용할 수 있을 뿐이다. 흡사 고객을 대신해 주식을 사고파는 것과 같이 고객의 피부와 살을 관리하는 것이다. 개입이나 공유는 원치 않았다.

"모모, 지난 실기 시간에는 너도 내 몸을 만졌잖아. 그런데 왜 나를 상대도 해주지 않는 거야?"

그날 밤, 여학생 로라는 큰 소리로 흐느끼며 모모의 방을 뛰쳐나갔다.

모모는 손톱 가위로 로라의 새하얀 목을 그어 핏자국을 냈다. 작은 초승달 모양의 상처에서 피가 새어나왔다. 모모는 상대를 다치게 할 생각은 아니었다. 다만 로라에게 겁을 주고 자신의 능력도 시험해보고 싶은 마음이었다. 모모는 자신이 실기 시간에 로라의 목에 난 흉터를 원래대로 매끈하게 되돌려놓을 수 있다고 확신했다. 하지만 모모는 끝내 자신의 솜씨를 펼칠 기회를 얻지 못했다. 모모는 공적인 공간과 사적인 공간의 친밀함이 서로 무관하다고 믿었으므로, 사적인 공간에서의 충돌이 필연적으로 공적인 공간에서의 균열을 불러오리라는 것을 예상치 못했다. 그 이후 로라는 상심한 나머지 다시는 모모와 함께 실기 수업에 참여하지 않았다.

비슷한 스캔들은 그 후로도 모모의 삶 속에서 끊임없이 발생했다. 다만 모모의 반응이 더는 그처럼 기괴하거나 격렬하지 않았을 뿐이다. 그녀는 타인이 자신에게 보이는 집착을 이해하게 되었고,

더욱 철저하게 타인과 거리를 유지했다. 그녀를 좋아하는 사람은 아마도 모모의 차갑고 소원한 태도가 주는 매력에 더욱 열광했을 것이다. 하지만 모모가 풍기는 거리감에는 속수무책이어서 다들 그저 안전 구역 밖에서 바라만 볼 뿐이었다.

모모는 오랜 시간 자신에게 끊임없이 호감을 표하고 일부러 평계를 만들어 다가오는 이토 도미에 역시 그 관찰자 중 하나라고 생각했다.

그렇다면 모모가 애당초 피부 관리에 투신하겠다는 마음을 먹지 말았어야 하는 것 아닐까?

왜 모모는 굳이 피부관리사가 되겠다는 뜻을 세웠을까?

모모는 얼마든지 고독한 직업을 선택할 수 있었다. 이를테면 소설을 쓸 수도 있었을 것이다. 그런데 그녀는 굳이 사람들과 친밀함을 유지해야 하는 일을 선택한 것이다.

□

모모가 피부관리사가 되겠다고 결심한 것은 전적으로 자신의 아이디어였고, 그 고집은 20년간 이어졌다.

2080년, 모모는 열 살이 되던 해 고향집과 엄마를 떠나 홀로 멀리 떨어진 기숙학교에 입학했다. 그리고 그곳에서 혹독하게 기술을 익히고 스무 살에 졸업한 뒤 지금까지 작업을 이어왔다. 모모가 그처럼 고집을 부린 이유, 그 복잡한 속마음은 서른 살이 되어서도 다 알 수 없었다. 성인이 된 그녀는 때로 회의가 들기도 했다. 자신이 지금의 위치에 오른 것이 스스로의 실력과 노력으로 목표를 향해 정진한 결과가 아니라 잔뜩 뒤엉킨 보이지 않는 손들에 의해 떠밀려온 것은 아닐까 하는 생각도 들었다. 혹시 그녀는 한 알의 바둑돌일지도 모른다. 혹은 육지의 공장에서 안드로이드의 내열성 팔뚝에 의해 MM의 기체 깊숙한 곳에 삽입된 나사못인지도……

어째서 그처럼 고집스럽게 굴었을까?

왜 걸핏하면 자신에게 어울리지도 않는 가혹한 결정을 내리고, 이를 스스로 이행하도록 강요할까? 모모는 잘 알고 있었다. 고집은 스스로 결정하기 위함이다. 어린 시절 이미 수많은 중대한 결정이 타인의 손에 의해 내려졌다. 어차피 불합리한 결정이라면 스스로 내리는 것이 낫지, 남의 뜻에 맡기고 싶지 않았다.

모모는 더 이상 공장의 나사못이 되고 싶지도, 강제로 마취약을 주입당해 부지불식간에 수술을 받고, 수술이 끝나고 한참 뒤에야 자신의 육체와 장기가 이미 흔적도 없이 사라진 것을 깨닫는 환자가 되고 싶지도 않았다!

모모는 디스크 잡지에서 20세기 말의 장기 이식에 관해 읽은 적이 있었다. 당시 장기 분야는 이미 상당히 활성화되어 있었다. 신장을 바꾸고자 하는 다수의 부유한 사람들이 의사를 매수했다. 의사들은 오지의 가난한 사람을 마치 병원에서 검진을 받는 것처럼 속여 몰래 마취약을 놓고 신장을 파낸다. 그러고는 진즉 옆 수술대에 누워 기다리고 있던 부자의 몸속으로 신속하게 이식했다. 이처럼 황당한 일이 끝난 뒤 마취에서 깨어난 사람은 병원을 나선 후에야 자신의 몸에서 영문을 알 수 없는 칼자국을 발견한다. 하지만 황급히 되돌아간 병원에서 결국 깨닫는다. 아뿔싸! 내 소중한 장기가 이미 사라지고 없구나!

한 사람의 몸, 한 사람의 생명을 결정할 권리는 누구에게 있는가?

그런 생각이 들자 모모는 모골이 송연해지고 가슴이 답답해졌다.

이것으로 모모가 자신의 손에 생긴 문제와 마주했을 때의 불안과 불쾌를 설명할 수 있을지도 모르겠다.

모모는 또다시 다른 사람의 지시에 완전히 복종하여 자신의 신체를 내어줘야 했다! 신체는 그녀 자신의 것인가, 타인의 것인가? 아니면 피부 관리라는 예술의 영역인가? 만약 신체가 자신에게 속하는 것이라면 그녀는 스스로 손가락의 취사 여부를 선택할 수 있는 것 아닌가? 그녀가 손가락이 썩어 문드러져도 괜찮다고 고집한다면, 어차피 자신의 손가락인데 타인이 어쩌겠는가? 하지만 자신의 기술이 아까워서 모모는 결국 순순히 손가락을 교체하러 갔다. 이는 서른 살의 모모도 도저히 어쩔 수 없던 단 한 번의 예외인 셈이다.

□

　모모는 타인의 접근을 거부했다. 하지만 모모라고 집착의 경험이 없었던 것은 아니다.

　모모는 사람의 몸속 어딘가 이름 모를 내분비샘과 장기가 일종의 호르몬을 방출한다고 생각했다.

　이 호르몬은 사람 간의 친밀한 공존을 자극할 수 있어서 호르몬의 함량이 높은 사람은 사교적이고, 낮은 사람은 괴팍하다. 하지만 모모 자신은 언제 수술대에 올랐는지도 모르는 지난 세기의 가난한 사람처럼, 스스로 인식하지도 못한 수술에서 그 호르몬을 분비하는 내분비샘을 빼앗겨버렸다. 아마도 사춘기 이전의 일일 것이다.

　내분비샘을 잘라낸 자리에 엉겨붙은 상처는 모모에게도 예민하고 회피하고 싶은 골칫거리였다. 내분비샘이 너무 발달하고 왕성했던 탓에 가장 날카로운 고통이 된 것이다. 얼마나 아이러니한 일인가!

　모모는 일생에서 가장 중요한 기관을 너무도 어린 나이에 빼앗기고 말았다.

□

　독신 생활을 바라고 고집해왔던 모모가 이토 도미에로부터 떠안듯 앤디를 넘겨받았다. 모모는 타인의 결정을 받아들이는 것을 좋아하지 않았고, 룸메이트도 원치 않았다. 그것이 강아지라고 해도 마찬가지였다. 이 역시 모모의 원칙에 있어 하나의 예외였을까?

이번 일은 논리적으로 예외 여부를 따질 수 없다는 것을 모모도 알고 있었다.

아마도 그저 강아지의 이름이 '앤디'였기 때문인지도 모른다.

앤디가 생화학 공장에서 생산된 기계견인지 아닌지는 모모에게 조금도 중요하지 않았다. 앤디는 진짜 개라서 희소성이 있고 가치가 있다지만, 모모가 그런 이유로 앤디를 더 아끼는 것도 아니었다. 진짜 개는 먹고 마시고 용변을 보기 때문에 성가시기는 했지만, 그런 이유로 앤디가 싫지도 않았다. 앤디는 영리한 편이라 사람을 핥아대는 것을 제외하고는 전혀 지저분한 짓을 하지 않았고, 자주 짖지도 않았다. 고객이 방문해도 소란을 피우는 법 없이 꼬리를 흔들며 한쪽 구석에서 눈을 동그랗게 뜨고 바라보는 것이 고작이었다. 외출이 극히 드문 주인 탓에 앤디도 밖으로 나가본 적이 없었다. 혹시 앤디에게도 집을 벗어나고 싶은 욕망이 없는 건지도 모른다. 앤디는 아주 어린 나이에 모모의 집으로 왔으니 집 밖에 또 다른 세계가 있다는 것을 아예 모르고 있을지도 모른다.

마치 전설 속의 카나리아처럼.

앤디는 네 다리를 땅에 붙이고 몸을 활처럼 둥글게 움츠렸다가 앞발을 낮추고 엉덩이를 치켜들었다. 그러고는 한바탕 늘어지게 하품을 했다. 입을 크게 벌리고 아이보리색 털을 흔들어 터는 모습이 꽤 흡족해 보였다.

모모는 앤디와 단둘이 있을 때 앤디에게 말을 걸기도 하고, 차분한 솜털이나 촉촉한 분홍색 잇몸과 하얗고 눈부신 이빨을 만져주기도 했다. 앤디는 말을 할 수 없었고, 짖지도 않았다. 그저 자홍색 혓바닥을 길게 늘어트려 모모의 손등에 펼쳐진 모공을 핥을 뿐이었다.

모모의 마음속에도 또 다른 앤디가 있었다. 더 고요하지만 더욱 마음을 뒤흔드는 그런……

□

모모는 알고 있었다. 또 다른 앤디가 분명 자신 안에 있다는 것을. 마치 태아를 품고 있는 것처럼. 하지만 모모와 그녀는 모녀가 아닌 자매와 같은 관계다.

모모는 자신의 몸속에 있는 앤디가 그녀에게 마치 몽타주와 같은 환상을 가져다준다고 믿었다. 그 속에는 크롬색을 띤 육지의 기계 문명의 단편들이 가득했다.

모모의 꿈속에서는 거리에서 MM이 교전을 벌이고, 안드로이드 공장의 낯설고 차가운 소음이 이어졌으며, 솔라 파크와 황량한 사막이 끝도 없이 펼쳐졌다.

꿈속에서 모모는 뜨거운 아시아 사막의 중앙에 누워 있었다. 자외선이 그녀의 짙은 갈색 머리카락을 관통했다. 머리카락이 부스러져 가루가 되도록 그녀는 홀로 그곳에 누워 있었다.

□

모모는 혼자인 것에 익숙해졌다. 고독은 그녀가 철이 든 후의 습관 같은 것이었다. 일을 해야 하는 상황만 아니라면 컴퓨터 한 대만으로도 방사능 피폭 지역의 무인도에서도 홀로 살 수 있을 것 같았다. 그녀는 앤디가 그녀의 삶에 들어오는 것을 거부하지 않았고, 자주 앤디와 무언의 밀담을 나눴다.

앤디는 그녀에게 아주 오래전의 일들을 떠올리게 만들었다. 서른 살에서 거꾸로 올라가서 그녀의 달콤했던 시절이 어떻게 끝이 났는지, 독신 생활은 또 어떻게 시작되었는지 따위의 원초적인 기억의 기원들을.

그 일은 심해의 소아과 병원에서 일어났다.

지극히 평범한 21세기 말엽의 어느 해였다.

5

어린 모모는 몹시 허약했다.

2077년, 일곱 살 모모는 병원으로 보내졌다.

검진 결과 복합적이고 심각한 병변이 발견되었는데, 원인 불명의 'LOGO균'에 감염된 탓이라고 했다. 그녀만을 위해 설계된 복잡한 수술만이 몸에 생긴 통증을 모두 없애는 유일한 길이었다.

병원 측은 연구와 수술이 진행되는 동안 그녀를 무균실에 장기간 입원시키기로 했다. 바이러스가 그녀의 취약한 몸에 침입하는 것을 막기 위한 것이라고는 했으나 사실상 아무도 없는 작은 섬에 가두는 것에 가까웠다. 어린아이의 인내심은 금세 바닥나기 마련이다. 모모의 기억 속에 자신은 늘 끝도 없고 구원도 없는 회색의 기다림 속에 있었다. 어른들은 모모를 위한 여러 생화학 실험을 계획했고, 때때로 그녀에게 마취제를 주사하고 소규모의 시험적 수술을 시행했다. 그리고 모두 입을 모아 모모의 건강을 위한 것이라 말했다.

길고 길었던 입원 기간에 모모는 엄마조차 마음껏 만날 수 없었다. 병이 워낙 희귀한 탓에 치료비 역시 상당했다. 일반 건강보험이 지원해주는 보조금은 기껏해야 장작불에 물을 끼얹은 정도였다. 당시 매크로하드 문화 기업의 말단 영업사원에 불과했던 엄마는 밖에서 열심히 돈을 벌거나 빌리는 중에도 틈틈이 모모에게 영상 통화를 했다. 하지만 끝내 홀로 병상을 지키느라 입이 삐죽 나온 모모를 화면 너머로 보는 것으로 만족해야 했다.

□

대략 그즈음부터였을 것이다. 모모가 영상 통화라면 진저리를 치게 된 것이.

영상 통화가 음성 통화를 전면 대체하게 된 것은 더욱 완전한 소통을 위해서였다. 하지만 어린아이에 불과했던 모모는 이미 알고 있었다. 완전에 가까운 소통이라는 것이 실은 더 큰 아이러니라는 것을. 사람과 사람이 서로 몸을 맞대고 끌어안는 대신 직접 몸이 닿지 않아도 되는 소통 기구를 개발하기 위해 애를 쓰다니, 황당한 발상이 아닌가!

엄마는 오랫동안 모모를 안아주지 않았다. 의사 아주머니와 간호사 삼촌도 그녀를 안아주지 않았다. 그리고 모두 입을 모아 말했다. 모모에게 병실 밖의 바이러스를 옮길까 무서워서 그런 것이라고. 병원 생활은 고독한 역사의 시작이었다. 훗날 돌아봤을 때 그녀에게 그 시기보다 더 길고 견디기 힘든 단유기는 없었다.

아이러니하게도 병원 또한 모모가 너무 무료해하는 것을 알게 되었다. 그들이 주목한 것은 비교적 실질적인 문제였다.

병원은 어린 모모가 퇴원하고 성장기를 거치는 동안 사회화에 어려움을 겪지 않으려면 또래의 건강한 아이들처럼 친구를 사귀는 것이 필요하다고 판단해 모모를 위해 위생적인 장난감을 마련해주었다.

어느 어둑어둑한 오후, 모모가 마취약의 부작용으로 어지러움을 겪고 있을 때였다. 생화학 실험의 빈번한 채혈은 그녀의 몸과 마음을 더욱 지치게 만들었다. 그 마취약의 몽롱함 속에서 모모는 인생을 통틀어 가장 절친했던 친구, 앤디를 보았다.

의사 아주머니가 말씀하셨다. 이쪽은 앤디야. ANDY. 의사 아주머니의 말에 따르면 온몸을 살균하고 소독한 앤디는 의사나 간호사, 엄마 누구와 비교해도 백 배는 더 깨끗해서 모모에게 가장 적합한 친구라고 했다. 앤디의 체구는 어린 모모와 거의 비슷했고, 마찬가지로 분홍색 복숭아 같은 얼굴을 가지고 있었다. 다만 모모보다 밝고 예의가 발라서 모모처럼 늘 입이 삐죽 나와 있지는 않았다.

모모는 갑자기 병실에 나타난 여자아이를 바라보았다. 처음에는 의구심과 거부감이 들지 않을 수 없었다. 어린 모모는 어른들이란 항상 아이들을 속이는 존재라 생각했다. 이 인형에도 무슨 꿍꿍이가 있는 것이 분명해! 엄마가 어떻게 나를 속여 병원에 데려왔는지 생각해봐!

하지만 외로운 모모는 결국 경계를 풀고 말았다. 그녀에게는 별다른 방법이 없었다. 게다가 그 인형은 몹시 사랑스러웠다. 두 소녀는 병원이 기대한 대로 친구가 되었다. 모모는 온전히 앤디를 받아들였다. 두 소녀는 24시간 함께 밥을 먹고, 잠을 자고, 씻었다.

모모는 심리 분석 소개를 담은 디스크북에서 20세기 프랑스 심리학자 자크 라캉에 대한 언급을 본 적이 있었다. 라캉의 말에 따르면 아주 어린아이는 자아와 타인의 차이를 구분하지 못한다. 생후 6개월에서 18개월 무렵에 이르러 거울을 비춰본 뒤(꼭 수은을 바른 유리 거울을 지칭하는 것은 아니고 유사한 기능을 갖추거나 거울을 상징하는 사람 혹은 사물 역시 가능할 것이다) 자아에 대한 의식이 생긴다. 어린아이는 거울에 자신을 비춰보는 과정에서 거울 속 세상에 아이가 있음을 발견한다. 자신과 비슷하지만 좌우가 뒤바뀌고, 자신의 동작을 따라 손발을 흔들지만 자신은 아닌 존재. 즉 외부인의 존재를 통해 자신의 존재가 드러나는 것이다. 이와 같은 0.5세에서 1.5세 정도의 시기를 가리켜 '거울 단계Mirror Stage'라고 한다.

모모는 자신과 앤디가 함께한 병원 생활이 자신의 일생에서 또 다른 거울 단계가 아닐까 하고 생각했다. 앤디는 그녀와 닮았지만 그녀는 아니다. 앤디가 존재한 후에야 모모는 깨달았다. 자신이 앤디를 만나기 전에 정말로 외로웠다는 것을!

모모는 자신과 함께해줄 누군가가 필요했다. 언제까지 혼자일
수는 없었다.

□

때때로 의사 선생님과 엄마가 병실 모니터를 통해 그들이 소꿉
놀이와 비슷한 장난을 치는 모습을 관찰하곤 했다. 모모는 누군
가 병실 밖에서 자신을 감시하는 것이 끔찍이 싫었고, 그 수상쩍
은 어른 무리도 마음에 들지 않았다. 그들 중 엄마를 제외하고 마
르고 검은 피부에 멋진 외모를 가진, 가끔 한 번씩 자리를 지키는
어른 한 사람만이 비교적 눈에 들었다. 그 여자는 아마도 남아시
아인 같았다.

출장 중인 엄마에게서 전화가 걸려왔다.

"모모? 앤디랑 재미있게 놀고 있니?"

"엄마! 왜 앤디는 고추가 없는데, 나는 있어요?"

"모모, 수술 뒤에는 너도 앤디랑 같아질 거야."

"내 고추를 앤디한테 빌려줘도 돼요?"

"이제 '병원놀이'는 그만 하렴! 엄마가 준 디스크북을 많이 읽어
야지."

엄마는 모모의 병실 안에 디스크북 전용 컴퓨터를 설치해두
었다.

모모는 병원놀이도 하고(모모는 어른이 된 후에도 이해가 되지는 않았다. 어째서 병원에 진찰을 받으러 가는 것이라면 질색을 했던 자신이 놀이에서는 항상 의사가 되는 것을 좋아했는지) 앤디와 함께 진지한 주제를 놓고 대화를 나누기도 했다. 이를테면 엄마의 사장님이 출판한 어린이용 디스크북『햄릿』에 관해 토론을 하는 식이었다.

디스크 속 햄릿은 이렇게 말했다.

"만약 내가 악몽에 시달리지 않는다면 나는 호두껍데기 속에 갇혀서도 스스로를 무한한 공간의 군왕으로 여길 수 있다."

두 소녀는 모두 그럴듯하다고 생각했다. 다만 '군왕'이라는 말을 한 쌍의 '공주'로 바꿔야 했다. 그들은 퇴원하면 결혼식을 올리고 행복하고 즐겁게 살다가 공주도 한 쌍 낳자고 약속했다.

모모와 앤디가 웃으며 대화를 나누는 모습을 본 엄마는 다시 전화를 걸어 캐물었다. 두 사람이 무슨 이야기를 나누는 것인지 묻고 싶었던 것이다.

"상관하지 마세요."

모모가 병실에서 입버릇처럼 달고 사는 말이었다.

"모모⋯⋯."

"우리 둘만의 비밀이에요. 엄마랑 상관없어요."

"모모, 곧 수술인데 무섭지 않아?"

"상, 관, 마, 세, 요!"

□

　격리 병실 속에서도 모모는 앤디를 끌어안고 앤디와 입을 맞출 수 있었다. 그래도 감염의 우려는 없었다. 고온의 살균을 거친 앤디는 보통의 인간과 달랐다. 당시 모모가 가장 먼저 느낀 것은 '필요'를 능가하는 강렬한 감정이었다. 예전에는 엄마에게도 일종의 '필요'의 감정을 가지고 있었다. 하지만 앤디가 생긴 후 엄마에 대한 애착은 앤디에게로 옮겨갔다.

　모모는 심지어 자신이 앤디의 몸속으로 들어갈 수 있기를, 앤디가 자신의 몸속으로 들어올 수 있기를 소망했다. 모모는 당시 '성'이 무엇인지에 대해 그다지 알지 못했다. 그녀의 환상은 '먹는' 것이었다. 모모는 앤디를 삼켜 자신의 배 속에 집어넣고 싶었다. 또한 앤디가 자신을 먹어치우기를 바랐다. 어린 모모는 만약 자신과 앤디가 서로의 살을 한 점씩이라도 나눠 먹을 수 있다면 두 사람은 진정으로 하나로 뒤섞여 떼어놓을 수 없게 되리라 믿었다. 앤디는 결코 엄마처럼 자신을 떠나지 않을 것이다.

　그리하여 모모가 앤디에게 말했다. 나 네 몸에서 살점을 떼어서 먹고 싶어. 앤디는 거절하지 않고 열 손가락을 모모 앞에 내밀어 보였다. 모모는 욕심내지 않고 앤디의 오른손 중지를 힘껏 깨물었다. 그러면서도 앤디가 아프지는 않을까 겁이 났다. 하지만 앤디는 편안한 얼굴이었다. 모모는 분투 끝에 앤디의 중지를 잘라냈다. 피는 흐르지 않았다. 모모는 인내심을 가지고 씹어보았으나 잘게 씹는 것은 쉽지 않았다. 그러고는 서둘러 삼켰다. 모모는 이만하면 됐다고 생각했지만, 실은 씹느라 이가 아팠다. 모모는 앤디에게도 자신의 일부를 먹일 생각이었지만 손가락을 내어주는 것은 좀 아까웠다. 결국 모모는 치마를 걷어올린 뒤 앤디에게 자신의 고추를 먹으라고 말했다. 모모는 고추가 마음에 들지 않았다. 쓸모없는 살 덩어리일 뿐이라고 생각했다. 앤디에게는 그런 부위가 없을 뿐 아니라, 어차피 수술 뒤에는 잘라낼 곳이었으니 그 전에 앤디가 먹어도 무방할 것이다.

하지만, 아프다!!

앤디가 덥석 깨문 순간, 피부가 찢겨 피가 나기도 전에 모모는 아파서 바닥을 뒹굴었다. 원치 않는 살덩이라도 함부로 깨물어서는 안 된다.

그녀와 앤디는 식인 놀이를 그만두었다.

하지만 놀이를 그만두었다고 해서 어른들에게 발각되지 않는 것은 아니었다. 의사들은 스크린을 통해 앤디의 중지가 사라진 것을 발견했고, 간단한 질문으로 곧장 자초지종을 알아냈다. 하지만 뜻밖에도 모모에게 크게 화를 내지는 않았다. 다만 한 가지 사실을 일깨워주었다.

"마음껏 놀아. 곧 수술을 받을 테니까. 그때가 되면 더 실컷 놀지 못한 게 후회될 거야. 하지만 서로를 먹어치우는 건 안 돼. 그럼 우리도 손쓸 수가 없어." 의사 아주머니는 말씀하셨다. "모모, 앤디의 손가락을 씹어 먹었으니 나중에 똑같이 고통을 받게 될 거야."

모모는 그것이 무슨 의미인지 이해하지 못했다.

어린 시절 들었던 수없이 많은 말을, 그녀는 어른이 된 후에야 이해하게 되었다.

서른 살의 모모가 중지 교환 수술을 받게 되었을 때, 그 말은 더욱 가슴을 파고들었다.

□

수술은 모모가 생각한 것보다 일찍 이뤄졌고, 빨리 끝나버렸다.

그날, 간호사 삼촌이 그녀에게 평소처럼 마취약을 주사했고, 모모는 깊은 잠에 빠졌다. 그녀는 또 간단한 수술을 받는 줄로만 생각했을 뿐, 그것이 바로 최후의 완전하고 성대한 의식일 것이라고는 예상치 못했다. 몹시 도전적이고 규모가 큰 수술이었다. 공동으로 참여하고 집도한 의사가 서른 명에 달했다. 모모의 몸뚱이는 마치 최후의 만찬과 같이 기다란 테이블 위에 시체마냥 곧게 눕혀 있었다. 온몸에 마취약이 퍼진 채 수술대 중앙에 뉘인 모모는 번뜩이는 칼날과 피의 그림자의 주인공이 된 자신의 모습을 볼 수 없었다. 다만 그녀는 보통 사람은 상상하지 못할 또 다른 광경을 보았다.

어두컴컴한 하늘과 땅 사이로 두 개의 새하얀 사람 그림자가 떠올랐다. 그녀와 그녀, 모모와 앤디였다. 그들은 어느 개천과 강이 교차하는 도시를 거닐었다. 여기가 어느 도시일까? 모모는 셰익스피어 디스크북 『베니스의 상인』에서 본 내용이 얼핏 떠올랐다. 그녀들은 어두운 안개 속을 뚫고 나갔다. 얼굴에는 눈물 자국이 그려진 금색과 은색의 가면을 쓰고 있어 마치 포커 카드 속 어릿광대 같았다. 그녀들은 손을 잡고 춤을 추었다. 입을 맞추고 싶었지만 가면이 입술을 가로막고 있었다. 앤디는 모모의 몸을 높이 들어올렸다. 높이, 아주 높이, 모모는 앤디의 머리 위에 앉았다.

앤디는 자신의 두개골 속으로 모모의 몸을 밀어 넣었다. 혈관에 주삿바늘을 밀어 넣는 것처럼, 앤디의 두개골 속에서 모모는 앤디의 소리 없는 이야기를 들었다.

너 는 새 장 속 에 갇 힌 카 나 리 아 야

□

마침내, 모모는 깨어났다.

엄마가 모모의 곁에 있었다. 하지만 원래 모모가 머물던 격리 병실은 아니었다. 모모는 활짝 열린 창문을 바라보았다. 창문으로 나무 한 그루가 보였다. 나무에는 마른 잎사귀 하나가 쓸쓸하게 바람에 흔들리고 있었다. 창문은 분명 열려 있었다. 은근한 바람이 창문 너머에서부터 침대 위의 모모를 향해 불어왔다. 그리 차갑지는 않았다.

앤디가 보이지 않는다.

"모모, 수술은 성공적이야. 엄마는 얼마나 기쁜지 몰라! 이제는 새장이나 다름없는 밀폐식 무균실에 있을 필요 없어. 너도 일반 병실에서 창밖의 나뭇잎을 볼 수 있어."

"엄마, 앤디는요?"

"모모, 좋은 소식이 또 있어. 엄마 승진했어. 이제는 그냥 영업사원이 아니란다. 엄마는 이제 마케팅 매니저야. 앞으로 더 여유롭게 살 수 있어."

"앤디는 어디 있어요?"

엄마는 대답하지 않았다. 엄마는 그녀에게 두 가지 기쁜 소식을 전했다. (모모는 그다지 기쁘지 않았지만.) 하나는 수술이 성공적이어서 곧 퇴원할 수 있다는 것이고(하지만 앤디는 사라졌다!) 다른 하나는 엄마가 승진했다는 것이었다. (하지만 그렇게 되면 모모가 엄마를 볼 기회가 더욱 줄어들지 않을까?)

퇴원 전에 모모는 마지막으로 물었다.

"엄마, '카나리아'가 뭐예요?"

"카—나—리—아? 우리 모모, 퇴원하고 집에 가서 같이 디스크 동물도감을 찾아보면 어때?"

엄마는 말했다. 그녀를 많이 사랑해주겠다고.

2080년, 모모가 열 살이 되고 입원한 지는 3년이 되던 해였다.

□

여러 해 뒤, 기숙학교에서 피부 관리학을 배우던 소녀 모모는 우연한 기회에 스치듯 카나리아에 관한 자료를 접하게 되었다.

그것은 10대 모모에게 거의 잊힌 단어였다. 그런데 백과사전에서 '금박金箔'에 대한 글을 찾아보던 중 문득 '카나리아'●라는 단어가 눈에 들어온 것이다. 그녀는 누군가 자신에게 그런 새 이름을 말한 사람이 있었다는 사실이 떠올랐다. '금박 아트'는 모모가 학생이던 시절 아시아 지역에서 폭발적으로 유행했던 미용법이었다. 얇게 저민 금박을 얼굴에 붙이는 방식을 말하는데, 이런 식의 미용법이 가장 성행한 지역은 이집트가 아니었다(그곳에서 파라오 투탕카멘의 황금 가면이 나오기는 했으나). 금박의 주요 시장은 신타이완이었다. 금을 좋아하는 타이완인들은 '얼굴에 금칠하기'를 선호하는 관념을 버리지 않았다. 모모로서는 이해할 수 없는 현상이라 궁금증을 해결하려면 디스크 백과사전을 찾아보는 수밖에 없었다.

카나리아에 관한 글 가운데 가장 그녀의 눈길을 끈 것은 1995년 봄에 구일본의 사회면에 실린 신문 기사였다.

디스크의 데이터 뱅크가 보여준 내용은 이랬다. 그해 봄 어느 평범한 아침, 누군가 도쿄시 지하철에 독가스를 살포해 많은 무고한 승객이 중독으로 상해를 입거나 사망했다. 일본 정부는 유력한 용의자로 일명 '옴진리교'라는 교파를 특정하고 곧바로 이 종교 단체의 활동 거점에 경찰 병력을 파견하여 독극물을 제조하는 화학

● 한자명은 금사작金絲雀이다.

원료의 유무를 조사했다. 경찰들은 완전 무장하고 방독면을 착용했다. 묵직하고 철저한 차림을 본 사람들은 심각한 재앙이 막 발생했고 강력한 수색이 이뤄지고 있음을 알아차렸다. 장난스러운 태도는 엄격히 금지되었다. 수색 작전 전체를 통틀어 유일하게 사람들의 시선을 끄는 우스꽝스러운 특징이 있다면 경찰의 손에 들린 카나리아 새장 정도였다.

그렇다, 카나리아였다. 빈틈없이 무장한 경찰들이 산으로 올라가 새를 풀어주는 광경이라니, 우습지 않은가? 하지만 새장 속의 새에게는 너무도 처참한 일이었다! 가냘프고 어여쁜 새들은 날거나 노래하는 대신 속수무책으로 경찰들과 함께 출정했다. 경찰은 방독 장비를 완벽히 갖추고 수색에 나서기 때문에 무색무형인 독가스의 유무나 장소를 민감하게 확인하기 어려웠고, 어차피 인류로서는 자신의 콧구멍으로 직접 냄새를 맡아볼 수도 없는 노릇이었다! 그리하여 사람들은 카나리아를 희생양으로 삼았다. 사린가스가 경찰을 굴복시킬 수는 없으나 카나리아의 생명은 빼앗을 수 있다.

카나리아는 경찰의 미끼다. 만약 새장 속 카나리아가 정신을 잃고 급사하면 이는 독극물이 새장 근처에 있음을 의미한다. 카나리아가 없으면 경찰은 독극물을 찾을 수 없다. 카나리아의 죽음으로, 인류는 생명을 얻는다.

경찰의 작전으로 얼마나 많은 카나리아가 희생되었는지 모모로서는 알 수 없었다. 백과사전에 전혀 언급되지 않았으니까. 아마도 별로 중요한 자료라고 생각하지 않은 모양이었다.

푸르른 산언덕 사이…… 일렬로 늘어선 검은색 군사들이 회색 공장을 떠나고…… 파란 풀숲에 흩어진 크롬엘로의 시든 꽃잎은…… 한 송이 한 송이 모두 절명한 카나리아네…… 사린가스는 새들의 상엿소리구나.

카나리아는 날개가 있으나 새장 속에 갇혀 제대로 날 수 없다. 인류는 그들이 날아가는 것을 허락하지 않는다. 새장 속에 갇힌 것은 인류로부터 사랑을 얻기 위함이 아닌 고통을 받기 위함이다.

모모는 생각했다. 왜 앤디는 나를 카나리아라고 한 것일까?

모모는 20세기 아르헨티나의 소설 『거미여인의 키스』에서 본 카나리아라는 단어를 떠올렸다. 책에는 표범 여인이 등장한다. 반인반수의, 표범으로 변신할 수 있는 여인이다. 표범 여인은 인간의 본성이 일정하게 유지될 때에는 새장 속 카나리아와 기분 좋게 장난을 친다. 하지만 야만성이 치솟으면 카나리아는 표범 여인의 냄새를 맡기만 해도 곧바로 죽고 만다. 이 책의 독자는 대부분 표범 여인의 기구한 신세에 탄식했을 것이다. 하지만 모모는 카나리아가 마음에 걸렸다. 사람들에게 홀대를 받는 그 작은 새가 더 가엽게 느껴졌다. 표범은 최소한 그것을 물어뜯어 피비린내를 풍기는 순간의 쾌감이라도 만끽했겠지만, 카나리아에게는 생이 끝나는 순간까지 날개를 퍼덕여 날아오를 기회조차 주어지지 않았다. 철사를 엮어 만든 작은 새장을 벗어나보지도 못한 것이다! 바깥 세계는 미지의 공포와 아름다움으로 가득하지만 작은 새는 사람에 의해 장난감 같은 새장에 갇혀 있을 뿐이다.

입원 시절 앤디와 함께 읽은 셰익스피어의 『폭풍우』도 떠올랐다. 제5막의 첫 장면에서, 무인도에서 오랜 세월 홀로 지낸 여주인공 미란다가 뱉은 유명한 대사의 첫마디에는 속세에 대한 동경이 잘 드러난다.

"오, 놀라워라! 수많은 사랑스러운 생물이 여기 있구나! 인간은 얼마나 아름다운가! 오, 멋진 신세계여, 인간이 바로 이곳에 있구나!"

극의 말미에 미란다는 결국 바라던 바대로 인류의 세계, 그녀의 마음속 멋진 신세계로 돌아간다. 미란다는 새장을 탈출한 카나리아와 같다. 하지만 모모는 극본 어디에서도 미란다의 남은 삶을 보지 못했다. 부친의 나라로 돌아간 미란다가 혹시 후회하지는 않았을까? 새장 밖에는 온통 독가스와 표범이 가득한데, 그녀는 그것들을 피할 수 있었을까? 새장 밖으로 날아간들 바깥 세계라는 것이 또 다른 새장이 아니라는 것을 어떻게 알 수 있지? 그저 크기가 조금 커진 것뿐이라면?

모모는 모순적인 잠재의식 탓에 이미 모든 것을 이루고도 여전히 단순하고 개인적인 생활을 고집하는 것인지도 모른다. '카나리아'라는 이름의 작업실에 살면서 남들이 그 이름에서 빈티지한 새장의 정교하고 아름다운 구속을 연상하는 것도 개의치 않았다. 그녀는 T시의 유명 인사임에도 스캔들이나 여자친구 혹은 남자친구를 사귄다는 소문도 없었다. 플레이걸Playgirl, 플레이보이Playboy,

사포Sappho, 다이크Dyke 따위의 구식 디스크 포르노그래피 잡지를 구독하지도 않았다. 모모는 정갈하고 조용하게 홀로 살았다. 마치 고독이 두렵지 않은 것처럼, 아무런 성적 욕망도 없는 것처럼. 그렇다고 그녀에게 도를 닦거나 종교에 귀의할 뜻이 있는 것도 아니었다.

모모는 말했다. 이것은 자신에게 익숙한 생활 방식이라고.

□

T시에서 유명세를 얻은 피부 관리 전문가 중에 모모처럼 집에만 틀어박혀 있는 사람은 거의 없었다. 경제적으로나 사회적으로나 워낙 지위가 고상하신지라 안분지족하며 살기도 쉽지 않았다.

피부 관리 분야는 이미 21세기에 가장 선망받는 직업 중 하나로 자리잡았다.

전면적인 해저 이주로 인류가 자외선의 끔찍한 위험에서 벗어나기는 했으나 사람들 마음속 악몽은 쉽게 끝나지 않았다. 자외선을 막아내기 위해 피부를 관리하던 행위는 하나의 습관으로 굳어졌다. 뿐만 아니라 인류가 해저에 틀어박혀 완전히 인공적인 환경에서 지내게 된 이후로 피부의 저항력이 약해져 더욱 세심한 관리가 필요해졌다. 또한 모든 사람이 접종한 완벽한 에이즈 백신의 부작용으로 피부가 쉽게 민감해졌고, 이 때문에 아태 지역에서 피부 보건은 21세기를 사는 남녀노소 모두에게 중요한 일이 되었다.

20세기 말 급속도로 발전한 피부 미용 산업은 소비자들의 요구와 소비욕을 매우 효과적으로 자극했다. 20세기 패션 업계를 비추던 빛은 21세기에는 피부 관리 업계의 머리 위로 옮겨갔다.

20세기의 스페인 영화감독 알모도바르는 「하이힐」「키카」 등의 영화에서 유럽식 패션을 과시했다. 로버트 올트먼의 「패션쇼」에는 소위 패션 거장의 실험작을 잔뜩 걸친 슈퍼스타들이 일렬로 죽 늘어서 등장한다. 하지만 모두 촌스러운 구시대의 산물일 뿐이다. 올트먼은 「패션쇼」에서 자신의 영화는 패션이 아닌 나체에 관한 것이고, 사람들이 패션을 이용해 나체를 가리는 방식을 깊이 있게 다뤘다고 짧게 언급했다. 하지만 영화는 지나치게 많은 옷으로 가득할 뿐 피부는 제대로 드러나지도 않는다! 레트로가 한창 유행이던 구세대 영화는 피부 그 자체를 중시했다. 프랑스 영화감독 트뤼포의 「부드러운 살결」이 가장 모범적인 사례. 「연옥온향軟玉溫香」으로 번역됐는데 이는 당시 시대적 취향에 전혀 부합하지 못했다. 20세기 구인류만이 유독 육감을 중시하고 피부를 경시했다. 샤넬, 캘빈클라인, 베르사체, 아르마니 등 패션계의 원로들은 진즉 랑콤과 디오르, 시세이도 등의 브랜드를 본받아 미용과 헬스 케어 중심의 경영으로 방향을 전환했다. 에이즈 백신이 인류의 불안을 해소시키면서 왕성하고 다양한 성생활은 인류의 가장 중요한 여가 활동으로 당당히 자리를 잡았다. 매끈하고 눈부신 피부는 화려한 패턴의 명품 속옷보다 더 섹슈얼한 에티켓이자 여가의 품격이 되었다. 솔직히 말하면 오늘날과 같은 생활환경에서는 관리를 받지 않는 소녀의 목은 세심하게 관리한 노인보다 더 코끼리의 피부 같을 수밖에 없다(참고: 매크로하드 동물도감 디스크의 설명에 따르면, 코끼리는 21세기 이전에 지구에 생존했던 포유류다). 섹스 중에 멸종 동물을 연상하느라 정신이 분산되는 것을 좋아하는 사람은 거의 없을 것이다.

이로 인해 사람들의 인정을 받는 피부관리사의 지위는 20세기의 꼼데가르송이나 이세이 미야케를 능가했다. 대가는 자신의 전문 분야에서 충분한 돈을 벌었고, 사람들의 시선과 찬사를 받으며 사교 생활을 즐겼다. 영원히 끝나지 않을 것 같은 파티들이 대가를 기다리고 있었고, 연회장 테이블 위에 넘쳐나는 육체와 돈과 권력은 그 어떤 대식가도 소화해낼 수 없을 정도였다. 그들은 곧 문화였다. T시에서 발기한 3B 운동, BBB(Body, Book, Beauty)가 바로 그 예다. 건강하고 아름다운 신체와 우아한 독서 습관이 곧 절대적인 미의 기준이었다.

그렇다보니 모모처럼 스스로 적막한 삶을 택한 피부관리사는 현실적으로 극히 드물 수밖에 없었다.

모모는 거의 집 밖으로 나가지 않은 채, 두 기계에 의존하여 외부와의 관계를 유지했다.

하나는 전 세계와 네트워크로 연결된 개인용 컴퓨터, 다른 하나는 스캐너였다. 컴퓨터 네트워크로 손쉽게 정보를 얻고, 스캐너로 그녀의 감각적 요구를 충족시키는 것이다.

모모는 습관처럼 인터넷으로 최신 미용 정보를 찾아 읽는 것

외에도, 고객 관리를 위해 자주 컴퓨터를 사용했다. 그녀는 컴퓨터로 고객의 예약 메일을 처리하고, 그날그날의 스케줄 표를 작성했으며, 고객의 피부 특질을 기록했다.

기록에는 검버섯이나 여드름 자국, 어린선의 유무, 피부가 산성인지 염기성인지, 공기 오염이나 자외선에 대한 저항 능력이 있는지, 에이즈 백신에 과민 반응은 없는지, AHA 미용법으로 각질을 제거하는 데 무리가 없을지를 비롯한 고객의 신체에 관한 세부적인 변화들이 모두 포함되었다.

모모는 세심한 기술을 보유한 전문가였다. 그녀는 타인의 도움 없이 직접 타자를 쳐서 고객별로 파일함을 만들었다. 모든 고객이 마치 밤하늘에 배열된 별자리처럼 모모의 드라이브 속 지정된 자리에 배치되었다. 그녀는 손님들에게 사용한 피부막의 상태를 각각 기록했다. 사소한 디테일조차 빠트리지 않았다. 병력보다 복잡하고 광범위한 정보들을 그녀는 퍽 인내심 있게 입력했고, 그 과정에서 스스로 즐거움을 얻었다. 고객의 세부 기록에는 당연히 엄중한 안전장치를 적용해 보안을 강화했고, 방화벽 덕분에 바이러스의 공격에도 안전했다. 또한 비밀번호가 이중 삼중으로 설정되어 있어 모모 이외의 다른 사람이 몰래 훔쳐보는 일도 불가능했다. 그 기밀 자료를 그녀의 경쟁자들이 보게 된다면 분명 감탄을 금치 못할 것이고, 그녀의 고객이 보게 된다면 더욱 말문이 막힐 것이다. 만약 정말로 어떤 고객이 모모의 자료실에 접속해 훔쳐보는 일이 발생한다면, 그녀는 아마도 더는 작업실 문을 열지 않게 될 것이다. 다시는 누구도 찾아올 리가 없을 테니까.

도덕이 그리 중시되지 않는 시대라고는 해도 지나치게 방자하고 선을 넘는 일은 여전히 많은 사람을 놀라게 할 수밖에 없었다.

□

열 살 무렵 모모가 가지고 놀던 장난감의 이름 역시 스캐너였다. 스캐너와 컴퓨터가 무선으로 연결된 이후로 스캐너는 컴퓨터와 멀리 떨어진 곳에 있는 영상을 수집하고 컴퓨터로 전송할 수 있게 되었고, 또한 사용자는 스크린을 통해 스캐너로 수집한 정보를 손쉽게 열람할 수 있었다.

스캐너의 종류는 수없이 다양했다. 반드시 렌즈를 붙이거나 레이더를 장착하거나 케이블을 연결할 필요도 없었다. 심지어는 유액과 같은 형태의 교묘한 스캐너도 있어 일반인들로서는 그것이 무슨 기묘한 장난인지 짐작하기조차 힘들었다. 그처럼 다양하고 풍부한 스캐너는 인류의 무궁무진한 호기심을 충족시키기 위해 고안된 것들이었다.

서른 살의 모모 역시 스캐너를 가지고 놀았다. 다만 열 살짜리 어린 모모의 장난감 컴퓨터와는 달랐다. 신형 스캐너는 더욱 복잡하고 입체적이며 사실적이었다. 그것은 일반 컴퓨터 기자재 전문점에서 구할 수 있는 평범한 물건이 아니었다.

모모가 개인 작업실을 열고 얼마 지나지 않았을 때 조금도 나

이를 먹은 것 같지 않은 인도 여인 드라우파디가 모모의 작업실 문 앞에 나타났다. 모모는 지난 수년간 그녀를 보지 못했으나 여전히 그녀를 기억하고 있었다.

"작업실치고는 특이한 이름이야, '카나리아'라니. 분명 솜씨도 이름처럼 화려할 테지." 기억 속의 그녀가 말했다. "정말 궁금해. 네가 말하는 카나리아가 누구를 가리키는 건지. 도대체 무슨 의미야?"

드라우파디는 개업 선물로 신형 스캐너를 가져왔다.

신형 스캐너는 길거리에서 흔히 찾을 수 있는 물건이 아니었다. 어쩌면 거래 금지 품목인지도 몰랐다. 실제로 불가사의할 정도로 교묘한 물건이었으니까! 스캐너는 모모의 피부 관리 생애에 큰 이익을 가져다주고 그녀가 고객의 몸을 한층 더 깊이 이해할 수 있게 해주었으며, 한편으로는 모모를 쾌락의 바다로 던져 넣었다. '고객의 몸을 이해하는 것'과 '고객의 몸을 훔쳐보는 것' 사이에 명확한 구분이 있을 리 없었다. 그녀는 혼자 은밀히 수백 수천 명의 사적인 경험을 향유했다. 작은 방에서 끝도 없이 시야를 넓히며……

스캐너가 생긴 뒤 모모는 더욱 고독을 두려워하지 않게 되었다.

□

사실 '피부막', M-SKIN 역시 이 스캐너 설비의 일부였다. 그것의 주된 목적은 피부 보양보다 훨씬 기이한 임무를 수행하는 데 있었다.

크림 제형의 피부막을 전신의 피부 위에 고르게 펴 바른다. 그러면 피부 위를 뒤덮은 막은 피부에 매 순간 전달되는 각종 자극을 감지하고, 분류를 거친 뒤(통증인가? 가려움인가? 온도 변화인가? 쾌감인가? 피부가 다른 사람의 몸과 접촉했는가? 상대의 성별은? 아니면 플라스틱이나 금속인가?) 디지털 형식으로 피부막에 기록한다.

M-SKIN은 Memory Skin, 즉 메모리 기능을 갖춘 피부를 의미했다. 그 후에는 특수한 탈피액으로 마치 피부와 완전히 결합한 듯 보이는 피부막을 벗겨 컴퓨터의 스캐너 설비에 입력하고 수집한 자료를 해독한다.

이토 도미에의 몸에서 얻은 피부막을 예로 들어보자. 이토 도미에는 매주 카나리아에 와서 피부막을 교체하므로, 피부막에는 7일간의 피부의 기억이 기록되어 있다. 그 속에는 피부에 난 상처와 모기나 벌레에 물린 자국, 업무, 섹스, 음식, 배설 따위의 정보들이 담겨 있을 것이다. 신체 부위에 따라 피부막에 기록되는 정보도 달라진다. 예를 들어 손가락이 받아들이는 자극의 종류는 엉덩이가 받아들이는 것보다 몇 배는 다양하다. 아무래도 손가락이 옷 밖으로 노출되는 경우가 많을 테니까. 하지만 그처럼 복잡한 정보도 모모의 컴퓨터와 스캐너라면 얼마든지 능숙하게 분류하고 정리해낼 수 있다. 컴퓨터에 피부막의 정보를 입력하면 스크린을 통해 (10초 단위로 기록된) 시간별 부위별 각종 자극이 표시

표본 이토 도미에 NO: B1069 / **부위** 왼쪽 사타구니

9				$	$		
8				$@	$		@
7			#	$#@	$	@	@
6	$	$	#	$#@	$	$@	@
5	$#	$	$#	$#@	$	$#@	@
4	$#@	$	$#@	$#@	$#	$#@	#@
3	$#@	$#	$#@	$#@	$#	$#@	$#@
2	$#@	$#@	$#@	$#@	$#@	$#@	$#@
1	$#@	$#@	$#@	$#@	$#@	$#@	$#@
0	0:01:00	0:01:10	0:01:20	0:01:30	0:01:40	0:01:50	0:02:00

시간 2100년 2월 8일 밤 0시

된다.

다음과 같이 단순화한 도표로 예를 들면 $, #, @의 세 가지 부호는 각기 3종의 자극(실제로는 3종에 그치지 않지만)을 가리킨다. 부호의 개수는 특정 시간 동안 있었던 해당 자극의 강도를 나타낸다.

이 표에 표시된 정보는 이토 도미에의 일주일(총 604만8800초) 중 70초에 해당하므로, 전체의 8640분의 1에 불과하다. 게다가 이는 도미에의 왼쪽 사타구니에서 나온 데이터일 뿐이다. 따져보면 왼쪽 사타구니는 전체 피부 중 극히 일부에 지나지 않는다! 이 부위가 받는 자극이 결코 '$, #, @'에 국한될 리 없다. 다만 자극의 종류가 너무 다양하다보니 모모는 한 번에 몇 종류의 자극 원소를 선택하고 취합하여 관찰했다($, #, @는 대체로 성적 쾌감과 관련이 있었다).

하나의 피부막은 아주 방대한 양의 정보를 수집한다. 하지만 모모의 컴퓨터가 워낙 처리 능력이 뛰어난 덕에 그 속에 감춰진 깊고도 신비로운 우주를 효율적으로 판독하고 정리하는 것이 가능했다. 이렇게 정리해서 나온 수치와 표식은 최종적으로 한 장의 디스크에 기록된다. 디스크에 다 기록할 수 없을 만큼 많은 정보가 아니라면! 모모가 작업실에 소중히 보관한 피부막과 디스크는 고객들의 가장 충실한 육체의 일기인 셈이었다.

물론 모모는 고객에게 피부막의 기억 능력에 대해 말하지 않았다. 그들은 이 자료가 모모의 사업에 미치는 중요성에 대해 이해하지 못하고, 그저 모모가 자신들의 사적이고 비밀스러운 일기를 훔쳐본 것에만 극도의 공포를 느낄 것이다. 모모는 그간 피부막이 가장 정교하고 우수하며 다른 피부 관리실에서는 경험할 수 없는 보양품이라고 공언해왔으므로 고객들로서는 더욱 의심하기 힘들었다. 원래 뛰어난 피부관리사에게는 저마다 남들과는 다른 비법이 있게 마련이고, 이는 업계의 다른 경쟁자들이나 고객이 쉽게 알아낼 수 없는 부분이었다.

그렇다. 알 수 없는 일들. 카나리아를 찾는 미남 미녀 고객들이 모모가 자신들의 몸에 바른 보양품을 통해 그들의 비밀을 훔쳐보고 있다는 것을 어떻게 상상이나 하겠는가? 모모는 그들의 피부막에 근거하여 누가 언제 변비로 고생을 했는지, 누가 동성 혹은 이성과 섹스를 하거나 성교 중에 SM용 가죽 채찍과 기린 맥주를 곁들였는지, 누가 돈 후안 겸 메두사로 이름을 떨치면서도 정작 본인은 주로 자위에 빠져 지냈는지 미루어 알 수 있었다.

알 수 없는 일에는 모모 자신도 포함되어 있었다. 어째서 드라우파디는 마치 신의 도움과도 같은 괴이하기 짝이 없는 스캐너를 모모에게 선물했을까? 전수나 계승의 의도 같기도 했다. 피부 관리 업계의 대선배인 드라우파디는 후배 모모가 이 업계에서 두각을 나타낼 것을 예견하고 자신이 큰 도움을 받았던 스캐너를 모모에게 준 것일까? 그럴지도 모른다. 모모도 확실한 것은 알 수 없었다.

다만 모모는 당초 자신이 이 업계에 들어오게 된 것에 어느 정도 드라우파디의 영향이 있다는 것은 기억하고 있었다. 어떤 의미에서 드라우파디는 모모의 또 다른 엄마인 셈이다. 모모에게 은밀한 육체의 일기라는 또 다른 디스크북을 접하게 해준 사람이니까.

하지만 컴퓨터와 스캐너, 디스크를 통해 피부막에 기록된 육체와 일기를 읽는 일은 분명 지나치게 우회적이고 복잡한 일이다. 컴퓨터 스크린에 표시되는 표와 데이터는 근육과 피부에 직접 닿는 강렬한 감각을 온전히 구현할 수 없다. 육체의 일기를 이해하는 최선의 통로는 육체다. 눈으로 보는 것만으로는 역부족일 수밖에 없다.

드라우파디는 모모에게 육체를 통해 피부막을 읽는 법 또한 가르쳐주었다.

디스크에 저장된 피부막의 자료는 모모의 육체로 전송이 가능했다.

모모가 자신의 벌거벗은 몸뚱이에 피부막을 바르면 타인의 피부막에 새겨진 정보가 스캐너를 거쳐 모모의 몸에 새로 바른 피부막에 부호화된다. 그러면 모모는 타인의 한 주 동안의 감각을 고스란히 느낄 수 있게 되는 것이다.

노골적으로 비유하자면, 육체는 구식 녹음기이고 피부막은 카세트테이프인 셈이다. 이토 도미에의 육체가 받아들인 여러 자극은 마치 소리처럼 그녀의 몸에 바른 피부막에 기록된다. 모모는 이 카세트테이프를 복사하여 자신의 육체라는 녹음기로 플레이한다. 플레이 중에 그녀의 육체는 메아리로 돌아온 소리들이 자신의 몸을 두드려 깨우는 것을 느낄 수 있다. 음표는 없고 광기는 가득한 한 편의 교향곡과 같은.

또한 이로 인해 모모는 도미에를 포함한 사람들의 몸에서 일어나는 일에 대해 너무 많은 것을 알게 되었다. 피부막을 바르고 컴퓨터에 접속하면 그녀는 느낄 수 있었다.

지난주 늦은 밤 도미에는 어느 소녀 소년과 함께 필름막을 뚫고 올라가 상공의 바닷속을 벌거벗은 채 헤엄쳤다. 세 사람은 마리아나 해구까지 헤엄쳐 가서 남해의 산호초에 이르자 물고기 떼 속에서 서로를 끌어안고 입을 맞추다…… 거품이 되었다…….

아아, 너무도 아름다운 육체의 경험이었다.

모모는 크게 숨을 내쉬었다. 그녀는 모두 느낄 수 있었다. 온몸의 모공이 그 사랑의 이야기를 체험했다.

모모는 굳이 먼 곳까지 나갈 이유가 없었다. 손님들이 감각의

견문을 넓혀주니까. 그녀의 고객이 세상 끝을 누비면, 모모의 육체
역시 그곳으로 갈 수 있었다.

FAR AWAY, SO CLOSE.

□

모모도 사람과 사람 사이의 육체적 친교가 정말로 싫은 것은
아닐지도 모른다. 그녀는 다만 육체적 관계에 필연적으로 동반되
는 감정의 동요가 싫을 뿐이었다.

모모는 두려웠다. 그런 관계에 싫증이 나거나 실망하거나 환멸
을 느끼게 되는 것이. 진정한 사랑이라고 생각했던 친밀감도 쉽게
실패로 돌아갈 수 있다. 그녀는 무언가를 빼앗기는 아픔이 무엇인
지 너무도 잘 알았다. 다시 그런 위험을 무릅쓸 용기가, 그녀에게
는 없었다.

괴로움이라면 이미 맛봤다.

6

엄마를 향한 모모의 감정은 너무도 복잡했다.

모모가 엄마에게 필요로 한 것은 온정이 아니다. 엄마의 좋은 이미지를 모모의 기억 속 비밀번호에 끼워 넣으면, 모모는 스스로 더 강해지도록 다그칠 수 있었다.

이 이야기는 어디서부터 시작됐을까?

분명 어린 시절 병원 생활이 그 시작일 것이다.

당시 모모는 정말로 순수하게 엄마를 필요로 했다. 바라는 것 이라고는 자주 찾아와 의례적인 포옹을 해주는 것뿐이었으나 엄마는 그녀를 만족시켜줄 수 없었다. 엄마는 병원비를 마련하기 위해 어쩔 수 없이 추가 근무를 해야 한다고 말했다. 하지만 모모는 의심스러웠다. 엄마가 비즈니스를 위해 자신을 희생시키는 것은 아닐까? 이따금 와서 격리 병실 밖 스크린을 통해 자신을 바라보는 엄마의 모습에 처음에는 울화가 치밀었다. 하지만 입원 기간이 길어지자 점점 병실 밖에서 엄마가 자신을 비웃는 것 같은 기분이 들기 시작했다. 어째서 조그만 여자아이를 병실에 가둬두는 걸까. 심지어 바이러스를 차단한다는 명분으로 아무도 자신 곁에 오지 못하게 하면서? 곁에 아무도 없으니 그저 엄마가 판매하는 디스크북을 읽으며 시간을 보내는 수밖에 없었다.

모모는 디스크 백과사전에서 '21세기 타이완 환아의 평균 입원 기간(회차별)'에 관한 통계를 찾아보기도 했다. 자신의 입원 기간보다 몇 배는 짧았다! 그녀는 함정에 빠진 기분이었다. 백과사전에서 '원옥살이'에 관한 글을 본 적이 있는데, 그 속에는 어린아이도 피해자가 될 수 있다는 글이 적혀 있었다.

다행히 나중에는 앤디가 그녀 곁에 있어주었다. 하지만 모모는 어른들이 자신과 앤디의 관계를 질투한다고 생각했다. 엄마가 특히 그랬다.

모모는 기억하고 있었다. 언젠가 엄마가 영상 통화를 하던 중 자신에게 이렇게 물었다. "모모! 요즘은 왜 엄마한테 통 말을 안 해? 전에는 엄마랑 동화책에 대해서 이야기하는 거 좋아했잖아? 엄마가 갖다준 디스크가 별로였어?"

"동화책 안 봐요. 너무 유치해. 앤디랑 셰익스피어에 대해서 얘기했어요."

"와, 너희 『로미오와 줄리엣』 읽는 거야?"

"상, 관, 마, 요."

"모모⋯⋯."

"됐어요, 앤디랑 책 보러 가야 해요."

"모모! 왜 앤디랑만 이야기해? 엄마는 상대도 안 해주고?"

상황은 너무도 분명했다. 엄마는 모모와 앤디의 친밀한 관계에 큰 불만을 품고 있었다.

질투였다.

□

그래서 수술을 성공적으로 마친 모모는 엄마가 손을 써 앤디가 사라진 것이라고 추측했다.

비록 나중에 엄마는 앤디가 정말로 사라져버린 것이 아니라 여전히 모모와 함께 있다고 설명하기는 했으나, 어린 모모는 듣고도 무슨 말인지 잘 이해가 되지 않았다. 근심이 가득한 엄마의 얼굴을 보고도, 여전히 엄마가 자신의 불행을 고소하게 여기고 있다는 생각이 들 뿐이었다.

수술의 시작과 끝을 포함한 모든 결정 과정에 대해 모모 자신은 아는 바가 없었다. 그날 모모는 그저 의례적인 검사를 위해 마취 주사를 맞는 줄로만 알았으나, 깨어난 뒤에는 모든 것이 뭔가 이상했다. 그녀의 몸에 큰 변화가 생긴 것 같았다(이를테면 고추가 보이지 않았다). 게다가 주변 환경 역시 뭔가 달라져 있었다.

그렇다. 앤디가 보이지 않았다.

모모는 앤디가 이미 자신의 곁에 없다는 것을 알아차리고도 곧장 울음을 터트리거나 소란을 피우지 않았다. 의사 선생님이 주사한 진정제 때문은 아니었다. 다만 그녀는 일찍이 예감하고 있었다. 어른들이 자신의 곁에서 앤디를 빼앗아갈 것을. 애초에 아무런 예고도 없이 그녀에게서 자유를 빼앗고, 가장 고독하고 어두운 방속에 가둔 것처럼. 불길한 예감은 그렇게 맞아떨어졌다. 하지만 모모에게는 울고불고 항의할 기운도 남아 있지 않았다.

너무도 큰 변화였다. 하지만 모모는 수술 후의 변화가 마치 그저 고추와 앤디가 흔적도 없이 사라진 것뿐만이 아닌 것 같았다. 다만 무엇이 달라진 것인지는 쉽게 말할 수 없었다.

어린 모모는 알지 못했다.

그것은 그녀의 광적인 환상을 뛰어넘는 더욱 상상하기조차 힘든 변화였음을.

□

퇴원 후 오랜만에 돌아간 집에서, 며칠 동안 엄마는 모모와 함께 백과사전을 읽었다. 하지만 이내 또다시 정신없이 출근길에 올라야 했다. 어쨌든 엄마는 승진을 했으니까.

채 열 살도 되지 않은 어린 모모는 홀로 집에 있자니 도무지 심심해서 견딜 수가 없었다. 그녀는 치마를 벗어던지고 자신의 몸을 어루만져보았다. 가슴, 배, 고추는 없다. 엄마는 앤디가 여전히 모모와 함께 있다고 말했다. 하지만 앤디가 어디 있다는 말인가? 찾을 수가 없었다. 모모는 엉덩이를 내놓고 욕실로 달려가 물을 뒤집어썼다. 샤워기 노즐의 물줄기가 고추를 잘라낸 자리에 쏟아지자 간질간질한 느낌이 기분 좋았다. 아마도 백과사전에서 말하는 '쾌감'이 이런 것이겠지. 하지만 앤디가 없다. 앤디가 있었다면 앤디도 간지럽혀줄 텐데…….

모모는 이미 앤디를 잃었다.

앤디는 없다. 엄마는 퇴원한 모모를 위해 새로운 침실을 마련해주었다. 모모는 어쩔 수 없이 홀로 자는 것에 익숙해져야 했다. 결코 쉽지 않은 일이었다.

"엄마! 왜 엄마랑 같은 방에서 자면 안 되는 거예요? 입원 전에는 엄마 방에서 잤는데."

"모모, 이제 다 컸잖아. 다 큰 사람은 혼자 자는 거야."

"하지만 디스크 영상 속 사람들은 다들 한 방에서 두 사람씩 자잖아요. 그 여자들도 다 어른이고요. 어린이가 아니라고요."

"바보, 서로 사랑하는 친구들이나 같이 자는 거야. 예전에 너와 앤디가 함께 잔 것처럼."

모모는 엄마의 말을 듣고 싶지 않았다. 그저 예전에 자신과 앤디가 함께 보낸 시간이 남들의 부러움을 살 만큼 너무도 달콤해서 엄마가 복수를 하는 것이라고 생각했다. 엄마는 분명 모모를 질투하는 것이다!

엄마도 모모가 홀로 집에서 심심해하는 것을 알고 있었으므로,

동네의 꼬마들을 집으로 초대해 모모와 함께 시간을 보내게 해주려고 했다. 하지만 모모는 다른 사람을 원치 않았다. 그녀는 앤디만을 원했다.

엄마는 가끔 자신의 친구를 집으로 데려왔고, 시간이 늦었을 때는 자신의 침실에서 친구를 재워주기도 했다. 물론 모모는 같이 들어갈 수 없었다. 반드시 자신의 방에서 자야 했다. 엄마가 친구를 데려와 자신의 방으로 함께 들어갈 때마다 모모는 분통이 터졌다. 자신도 앤디와 그렇게 친밀한 사이였다는 생각 때문이었다. 아니다! 훨씬 가까웠지만 지금은 전부 사라졌다! 그런데 엄마는 모모에게 과시라도 하듯 걸핏하면 친구를 데려오는 것이다!

분노가 치밀면서도 한편으로 궁금하기도 했다. 엄마와 친구는 도대체 침실에서 뭘 하는 걸까? 침대에 눕자마자 바로 잠을 잔다? 그럴 리는 없다. 두 사람이 침대에 나란히 누워 비밀 이야기를 나누는 걸까? 모모와 앤디가 그랬듯이? 아니면 '병원놀이'를 하고 노나? 어쨌든 함께 디스크북을 읽을 리는 없다! 아니면 디스크 영상에 나오는 사람들처럼 끌어안고 있을까?

분노도 분노지만 실은 궁금한 마음이 더 컸다. 어떻게든 알아내고 싶었다. 하지만 엄마가 문을 열어 모모를 참관하게 해줄 리 만무한데, 무슨 수로 훔쳐보겠는가? 병실처럼 감시 스크린이 있는 것도 아니고, 영상 통화를 걸 수도 없다. 건다 한들 방 안에 있는 엄마가 모모의 성가신 전화를 받을 리가 있겠는가?

엄마가 친구와 함께 밤을 보내는 날이면 모모는 지루했고, 다시 디스크북을 뒤적이며 시간을 보내는 수밖에 없었다. 하지만 정말이지 진저리가 났다! 날이 밝은 뒤, 모모는 출근하는 엄마를 막아서고 원망을 쏟아냈다.

"앤디가 필요해요!" 가장 노골적인 말투에 가장 풍부한 항의의 의미를 담은 한마디였다.

엄마는 방법이 없었다. 어떻게 모모를 위로해야 좋을지도 알 수 없어서 그저 매크로하드가 새겨진 마스터 카드를 꺼내 모모에게 건넸다. 디스크북을 구입할 때 쓰는 VIP 신용카드였다.

"이렇게 심술을 부리면 엄마도 어쩔 수가 없어! 새 친구를 사귀는 게 싫으면 책이라도 더 봐! 나가서 그 카드로 직접 사! 엄마가 회사에서 가져오는 건 마음에 안 든다고 하니."

모모는 썩 내키지 않는 마음으로 카드를 손에 쥔 채 열차를 타고 시내의 쇼핑센터로 향했다.

□

시내의 열차는 모두 고가식이었다. 모모는 객실 창밖으로 일렁이는 물결과 재빠르게 스쳐 지나가는 푸른색 물고기의 그림자를 바라보았다.

창밖의 세계에서는 어떤 일들이 일어나는 것일까?

백과사전에 따르면 지구는 하나의 사과와 같다고 했다. 20세기 인류는 육지 위에 살았다. 비유하자면 사과 껍질의 왁스층 위에 살고 있었던 셈이다. 21세기의 인류는 투명한 왁스로 이뤄진 층을 뚫고 들어가 왁스층과 사과 껍질 사이에서 살기 시작했다. 바다는 한 층의 왁스막과도 같았다.

왁스막 아래에서 사는 것은 번거로운 일이었다. 모모는 바닷물을 뚫고 해수면 위로 떠올라 인류가 원래 살던 땅 위로 돌아가는 것을 상상해보았다. 해저의 제어된 산소와는 호흡부터 다르겠지. 악명 높은 태양 항성도 실컷 볼 수 있을 테고. 얼마나 신날까? 애석하게도 T시는 성인만이 육지를 참관할 수 있도록 법으로 엄격히 규제하고 있었다. 게다가 사전에 관련 당국에 신청서를 제출해야 하는 것은 물론이고, 해로를 벗어나면 육지에 이르기 전까지 엄청나게 둔중한 자외선 차단복도 의무적으로 착용해야 했다. 엄마는 육지에는 무너진 고적 몇몇을 제외하고는 온통 황무지만 가득할 뿐, 열대우림이나 초원은 더 이상 존재하지 않는다고 말했다. 지표면을 가득 메운 중금속 공장과 솔라 파크 곳곳에서 아직까지도 이따금 각국의 MM을 주축으로 한 게릴라전과 테러가 일어난다고도 했다. 엄마는 육지에서 태양을 쐬지 못해 안달인 일부 미치광이들(관광객, 인류학자, 육지에서 특별 우대를 받는 공장의 엔지니어 등등)을 도무지 이해하지 못했다. 행여 MM에게 오인 사살이라도 당하면 어쩌려고?

하지만 어린 모모는 육지로 올라가는 미치광이들의 마음이 무엇인지 알 것 같았다. 디스크북에서 20세기 육지 거주 시대에도 적지 않은 사람들이 안전한 육지를 떠나 바닷속으로 모험을 떠나기를 원했다는 글을 본 적이 있었다. 21세기에 육지로 올라가는 사람을 보고도 모험가라고 하는데, 20세기에 바다로 들어가는 일은 더욱 목숨을 건 일이 아니었겠는가! 모모는 '레니 리펜슈탈의 놀랍고도 끔찍한 일생The Wonderful, Horrible Life of Leni Riefenstahl'이라는 디스크 기록 영상을 본 적이 있었다. 영상에는 고대 독일 나치 시대에 태어난 걸출한 여자 감독 레니가 소개된다. 그녀는 악명 높은 「의지의 승리」와 「올림피아」를 연출했다는 이유로 제2차 세계대전 이후 세인의 비난에 시달리며 노년을 보냈다. 온갖 풍파를 직접 겪고도 레니의 만년은 여전히 왕성했다. 잠수와 수중 촬영에 심취한 그녀는 젊은 남성 잠수부에도 뒤지지 않을 정도였다. 검정색 잠수복을 입은 레니는 촬영 장비와 산소통을 짊어지고 바닷속을 누비면서도 힘든 기색은커녕 오히려 물고기와 장난을 치느라 신이 난 모습이었다. 그녀는 마치 흡혈귀 백작의 망토를 걸친 듯 거대하고 시커먼 가오리를 만지면서도 전혀 두려워하지 않았다. 그녀가 손가락으로 물고기를 만지는 모습은 신비롭고 아름다웠다. 모모는 생각했다. 과학이 낙후되어 있던 20세기에도 육지인들은 용감히 바다로 향했는데, 21세기의 해저인에게 육지에 가는 일이 무슨 대수겠어?

모모도 어른이 되면 육지에 가서 견문을 넓힐 생각이었다. 사막에 가서 변사한 전투형 MM의 시체를 어루만져주고, 남들의 시선이 분산된 틈을 타 몰래 자외선 차단 장갑을 벗어 던진 뒤 이글거리는 태양열 아래에서 자신의 손바닥 피부가 불에 구워지는 느낌을 체험하고 싶었다. 잠시나마 남들은 이해할 수도 용서할 수도 없는 일종의 일탈을 만끽하는 것이다.

하지만 열차 객실 속 모모는 실제로 바닷물조차 직접 만져본 적이 없었다. 그녀는 조그만 손바닥을 객실 유리창 위에 얹었다. 유리창은 견고한 방수 필름막으로 덮여 있고, 그 필름막을 넘어야 바다가 있었다.

바다는 커다란 사과의 표면을 에워싼 한 층의 막이었다.

□

모모는 시내의 쇼핑센터에 도착한 뒤 선명한 녹색의 넓은 잔디밭을 지나다가 어느 정원사가 우쭐거리며 잔디를 손질하는 모습을 목격했다. 풀과 에테르의 냄새가 공기 중에 흩날렸다.

그녀는 컴퓨터 소프트웨어 기자재 전문점으로 들어갔다. 매크로하드와 마이크로소프트의 디스크북이 진열대를 가득 메우고 있었다. 그런 유의 베스트셀러 서적들은 이미 집에도 얼마든지 있었다. 엄마가 매일 집에 올 때마다 몇 세트씩 가져왔으니까. 모모는 서점 구경에 별다른 흥미를 느끼지 못했다. 그도 그럴 것이 출판 기업에서 일하는 엄마를 둔 덕에 모모의 집에는 가장 최근에 출시된 제일 인기 있는 디스크북들이 가득해서 서점 진열대보다 더 장관이었다. 그런데 굳이 서점에 갈 이유가 있을까? 이것은 모모에게 기쁜 일일까, 슬픈 일일까? 집에 있는 책이 컴퓨터 전문점의 진열대에 놓인 상품보다 더 다채로운 것은 분명 행운이다. 하지만 집에 있는 디스크북에 진저리가 나서 나온 것이 아닌가. 만약 기껏 밖에서 산 디스크북이 더 재미가 없다면 정말 울고 싶어지지 않을까? 이토록 무료한 유년기라니.

그렇게 아무런 흥미도 느끼지 못하고 있던 그녀의 눈에, 문득 가게 한구석에 마련된 새로운 장난감, 스캐너가 들어왔다.

상자에는 스캐너가 수집한 영상 정보를 컴퓨터로 전송해 해독할 수 있다는 설명이 적혀 있었다. 스캐너는 카메라와는 달랐다. 스캐너에는 렌즈가 없었다. 대신 감응파를 내보낸 뒤 반사되어 돌아오는 전파 신호를 재해독해 상당한 충실도를 갖춘 영상을 획득하는 방식이었다. 스캐너가 정보를 수집하는 방식은 박쥐(bat, 21세기 이전의 포유류로, 쥐와 유사하고 비행이 가능하다)의 기술과 유사했고, 대상을 물색하는 능력은 카메라 못지않았다. 스캐너는 촬영 렌즈가 필요치 않아서 부피가 작고 다양한 장소에 부착이 가능하며 쉽게 눈에 띄지도 않았다. 게다가 케이블을 연결하지 않아도 개인용 컴퓨터로 원거리에서 조종이 가능해서 간이 몰래 카메라로 사용하기에도 적합했다. 실제로 스캐너의 크기는 반창고 정도에 지나지 않았으며, 사용법 또한 마찬가지로 간편했다.

"스캐너를 찾고 있니? 이건 아주 재미있는 컴퓨터 완구야." 컴퓨터 전문점의 직원이 다가와 말을 걸었다.

"이거 장난감이에요?" 모모는 약간 실망했다. 첩보 소설에 등장하는 정교한 장비인 줄 알았더니 그저 아이들의 환심을 사기 위한 장난감이었다니!

"응, 엄청 재미있는 장난감이지. 내가 장난감이라고 해서 실망한 거야? 스캐너의 영상 수집 능력은 충분히 훌륭해. 클로즈업 기능도 갖추고 있고. 다만 스캐너의 묘미는 많은 사람이 이걸 막으려고 애를 쓴다는 데 있기도 하지. 많은 기관과 상점 건물 내에 스캐너의 감응파를 교란하는 장비가 설치되어 있어서 스캐너가 제대로 영상을 훔치기는 쉽지 않아. 그러다보니 대다수의 장소에서 쓸모없는 물건이 되어버렸지. 스캐너가 스파이의 강력한 도구로 사용되기는 틀렸지만, 여전히 아주 이상적인 어린이용 완구인 건 사실이야. 최소한 '도둑과 경찰' 놀이를 할 때는 꽤 쓸모가 있거든."

"그럼 두 세트 주세요."

계산대에서 모모는 엄마가 준 마스터 카드를 건넨 뒤 서명했다. 그리고 상점 측에는 계산서에 모모가 산 물건이 무엇인지 기재되지 않게 해줄 것을 요구했다.

"스캐너라는 단어가 표시되지 않게 해주세요. 스캐너가 장난감이라고 했으니 계산서 내역에도 그냥 '컴퓨터 완구' 정도로만 적어주시면 되겠네요."

모모는 엄마가 지나치게 명백한 계산서를 받아드는 것을 원치 않았다.

□

열 살의 모모는 스크린 앞에 앉아 스캐너가 수집한 영상이 스크린에 표시되기를 기다렸다.

그녀는 두 세트의 스캐너를 사서 집으로 돌아왔다. '어린이용 완구'라고는 하나 꽤 정교한 기기라 결코 싸지 않았다.

그녀는 엄마가 집을 나서기 전에 스캐너 하나를 엄마의 서류가방에 부착하고, 다른 하나는 엄마가 출근한 뒤 엄마의 침실 책상 모퉁이에 부착했다. 그녀는 엄마의 하루를 알고 싶었다.

하지만 엄마에게 몰래 부착해둔 스캐너는 집을 나서자마자 먹통이 되었고, 모모의 컴퓨터로 전송되는 것은 깨진 화면뿐이었다. 컴퓨터 전문점의 직원이 말한 것처럼 T시의 각 기관과 여러 장소에는 전파 교란 장치가 설치되어 있어 훔쳐보기가 불가능했다. 스캐너는 매크로하드를 향해서는 안테나를 뻗어볼 길이 없었으나 엄마의 침실에서는 효과가 나쁘지 않았다. 스캐너는 180도 영상 수집이 가능한 광각을 갖추고 있어, 모모는 자신의 방 컴퓨터를 통해 스캐너가 전송하는 엄마의 침실 영상을 볼 수 있었다. 컴퓨터 마우스를 조작하는 것만으로 자유롭게 미니 접사 카메라와 같은 촬영 효과도 얻을 수 있었다. 화면은 뚜렷하고 생생했다. 모모는 클로즈업 기능을 활용하여 침실 정중앙에 놓인 침대 위의 구불구불한 머리카락 한 올까지 관찰할 수 있었다.

□

퇴근한 엄마는 그날도 누군가를 데리고 집으로 와서 함께 저녁을 먹었다. 드라우파디라는 이름의, 모모도 몇 번 본 적이 있는 사람이었다.

모모는 엄마가 친구 때문에 자신을 내버려두는 것이 몹시 불만이기는 했으나 드라우파디가 싫지는 않았다. 드라우파디는 가녀린 몸매에 검고 빛이 나는 피부를 가진 여인으로, 인도인이라고 했다. 나중에 모모는 디스크 'WHO'S WHO' 인명사전을 검색하다가 이것이 인도의 고서 『마하바라타』에 등장하는 이름이라는 것을 알게 되었다. 모모는 드라우파디가 아주 아름다운 사람이라고 생각했다. 오랜 세월이 지난 뒤 모모는 자신이 입원해 있던 시절에도 드라우파디를 본 적이 있다는 사실을 기억해냈다. 당시에는 그저 자신을 관찰하는 의사라고만 생각했는데, 그처럼 마음에 드는 어른은 아주 오랜만이었다. 하지만 엄마에게는 드라우파디에 대한 호감을 표현하지 않았다. 자신은 앤디를 잃었는데, 엄마는 미모의 친구를 데려오는 것이 생각할수록 분했던 것이다.

드라우파디는 저녁 식사 내내 모모에게 아주 다정하게 대했지만, 식사가 끝난 뒤에는 이내 엄마와 이야기를 나눈다며 엄마의 방으로 숨어들어버렸다. 엄마는 모모에게 디스크 게임북을 보라고 했다. 잔뜩 화가 난 모모는 디스크북을 죄다 꺼내 잘게 씹어 조각을 내버렸다! 내 곁에 있는 것이라고는 디스크뿐이다! 얼음장처럼 차갑기만 한 디스크!

모모는 입술을 삐죽 내밀고 자신의 방으로 돌아가서 컴퓨터를 켰다. 그리고 손에 잡히는 대로 디스크북을 골랐다가 다시 부아가 치밀었다. 또 셰익스피어의 비극이야! 모모는 더 이상 읽을 수가 없었다. 햄릿의 고독이 떠오른 것이다. 병실에서 홀로 외롭게 지내던 모모에게 앤디가 찾아왔지만 나중에는 앤디마저 사라져버렸다. 퇴원 후 집에 돌아오면 엄마가 자신의 곁에 있어줄 것이라 생각했지만 현실은 전혀 달랐다.

설마 컴퓨터와 디스크만이 그녀의 일생을 함께할 친구인 것일까? 엄마는 모모를 버려두고 인도 친구를 사귀었다. 입원 시절이 떠올랐다. 엄마는 그때도 가끔 병실의 감시 스크린이나 영상 통화로만 모모를 본 것이 고작이다.

다행히도 모모는 스캐너를 설치해두었다.

엄마와 드라우파디가 침실에서 무슨 대단한 일을 하는지, 모모는 곧 스크린을 통해 생생하게 볼 수 있다!

모모는 컴퓨터 키보드를 두드려 스캐너를 작동시켰다. 스캐너는 엄마 방을 비추기는 했으나 사람은 보이지 않았다. 스캐너의 스캔 범위가 넓다고 해도 사각지대가 생기는 것은 피할 수 없었다. 엄마와 드라우파디는 하필 그 범위 밖에 있는 모양이었다. 하지만 모모의 스캐너는 방 중앙에 놓인 커다란 침대를 정조준하고 있었으므로 결국에는 엄마와 드라우파디도 피해갈 수 없을 것이다.

얼마 지나지 않아 드라우파디가 화면 중앙으로 걸어 들어왔다.

그녀의 옷차림은 약간 달라져 있었다. 머리카락을 머리 뒤쪽으로 당겨 묶었고, 원래 입고 있던 짙은 보라색 가운은 몸에 달라붙는 흰색 타이즈로 바뀌었다. 이어서 엄마가 화면 속으로 들어왔다. 엄마는 몸에 아무것도 걸치지 않은 상태였다.

모모는 속으로 탄성을 질렀다. 드디어 엄마와 엄마의 친구들이 방에서 무슨 대단한 일을 벌이는지 알 수 있게 된 것이다!

모모는 엄마의 벗은 몸을 보는 것이 아주 오랜만이라는 사실을 떠올렸다. 가장 최근이라고 해도 자신이 입원하기 훨씬 전의 일이었다. 벌거벗은 엄마의 몸은 기억 속 이미지보다 더 풍만했다. 모모는 스캐너를 조작해 엄마의 몸 은밀한 곳의 검은 털을 클로즈업했다. 엄마도 고추가 없었다. 클로즈업 화면으로 엄마가 마치 좌선한 불상처럼 가슴을 세우고 침대에 앉은 모습이 보였다. 드라우파디가 엄마의 귓가에 무언가 속삭였다.

안타깝게도 그것은 모모에게는 들리지 않았다. 스캐너는 영상을 스캔하는 기능만 있을 뿐, 소리를 엿들을 수는 없었기 때문이다.

화면 속에서 드라우파디가 침대 위에 커다란 짙은 남색 천을 깔자 엄마는 곧 그 위에 엎드려 누웠다. 엄마의 얼굴이 스캐너를 향하고 있었다. 눈은 감겨 있었고, 아주 편안한 표정이었다. 드라우파디의 짙은 색 손가락이 엄마의 희고 부드러운 등 위에서 마치 춤을 추듯 움직이다가 엄마의 피부에 반투명의 옅은 베이지색 로션을 덧발랐다. 엄마는 입을 벌려 무언가 이야기를 했고, 눈은 여전히 감겨 있었다.

모모가 훔쳐보기에 성공했다는 희열은 여기까지였다. 그리고 그 자리는 질투로 채워졌다.

엄마는 자신의 친구와 저토록 편안한 유희를 즐기고 있는데, 어째서 자신은 다른 방에 숨어서 그것을 훔쳐보는 것이 고작이란 말인가?

□

스크린을 보던 모모는 문득 자신을 바라보는 시선을 느꼈다. 화면 속에서 드라우파디의 흑백이 선명한 눈동자가 스크린 너머로 모모를 똑바로 쳐다보고 있었다. 모모는 깜짝 놀랐다. 드라우파디가 스캐너가 작동되고 있는 것을 눈치챘을지도 모른다는 두려움이 밀려왔고, 서둘러 스캐너의 각도를 조정하고 클로즈업 기능도 종료했다. 그런데 드라우파디의 고개가 스캐너를 따라 움직이며 여전히 자신을 똑바로 바라보는 것이 아닌가. 드라우파디가 정말로 그 작고 눈에 띄지 않는 스캐너를 발견한 것일까? 하지만 드라우파디의 시선에는 어떤 불쾌감이나 분노도 담겨 있지 않았다. 도발을 하려는 기색도 없었다. 그 눈빛에 담긴 메시지는 다만 이러했다. 나는 스캐너가 나를 보고 있는 것을 알고 있다. 그래서 이렇게 너를 바라보는 것이다.

모모는 곧바로 스캐너를 껐다. 그녀는 예전에 읽은 고대 공포소설 한 편이 떠올랐다. 『미저리Misery』의 작가 스티븐 킹은 책 앞

머리에 철학자 니체의 말을 인용했다.

　당신이 심연을 응시할 때, 심연도 당신을 응시한다.

　하지만 이내 모모는 호기심을 억누르지 못하고 다시 스캐너
를 작동시켰다. 만약 방 안에 있는 두 사람이 정말로 모모가 무
슨 짓을 벌였는지 알아차렸다면 어떤 반응을 보일까? 모모의 컴
퓨터 스크린에 다시 엄마의 방 모습이 나타났다. 엄마는 여전히
도취된 표정으로 침대 위에 엎드려 있었다. 드라우파디는 여전히
엄마의 등을 마사지하면서 계속해서 스캐너를 응시하고 있었다.
드라우파디가 엄마에게 무언가 몇 마디를 건네더니 스캐너를 향
해 움직였다. 하지만 그녀는 스캐너를 떼어내지 않았다. 화면은
드라우파디가 침대맡에 놓인 HD TV의 3D 스테레오 오디오를
켜는 장면까지만 이어진 뒤 스크린이 안개처럼 흐려지며 정지 상
태로 변했다.
　드라우파디가 스캐너의 감응파를 교란시킨 것이 분명했다. 그녀
가 발견한 것이다! 드라우파디는 엄마에게 이 사실을 알렸을까?

□

　당시 모모는 자신이 남들에게 말할 수 없는 중대한 기밀을 엿보
았다고 생각했다. 하지만 그때 모모가 생각지도 못한 것이 있었다.

원정을 나갔던 스캐너는 교란으로 인해 깨진 화면만 수신했다. 그런데 엄마 방에 있던 스캐너로부터 수신한 영상은 어째서 깨진 화면이 아니었을까? 어째서 교란되지 않았을까? 엄마처럼 대기업에서 한자리하는 사람은 공적인 생활이나 사적인 생활 모두 보안이 필요한 법이다. 회사를 위한 보안. 그런데 왜 집에 보안 시설을 갖추지 않았을까? 엄마 방에 있던 스캐너가 전송한 화면은 아주 생생했다. 하지만 생생한 것이 꼭 믿을 만한 것은 아니다. 이 또한 얼마든지 통제할 수 있는 것이니까.

오랜 세월이 흐른 뒤에야 그녀는 스캐너의 충실도에 대해 의문을 품게 되었다. 자신의 육안으로 직접 본 것조차 확신할 수 없는데, 기계의 눈을 어떻게 믿겠는가?

하지만 여전히 한 가지 문제가 남아 있었다. 그렇다면 육안과 기계의 눈 사이에 있는 안드로이드의 눈은 신뢰해도 괜찮은 것일까?

□

모모는 컴퓨터의 스캐너 기능을 끄고 디스크 도감을 삽입했다. 그녀는 드라우파디와 엄마가 도대체 무엇을 하고 있는 것인지 알고 싶었다.

그녀는 피부관리사였다.

알고 보니 드라우파디는 유명한 피부관리사였다.

모모는 나중에야 엄마가 자주 피부관리사를 집으로 데려오는

데는 그럴 만한 이유가 있었음을 깨닫게 되었다. 엄마의 직업적 특성상 외모를 가꾸는 일은 필수였고, 관리에 많은 돈을 투자하는 것은 자연스러운 일이었다.

□

드라우파디는 날이 밝자마자 떠났다. 엄마도 서둘러 책을 팔러 나갔다. 다시 모모 홀로 집에 남았다.

아! 다시 무료한 하루구나! 모모는 얌전히 집에만 있고 싶지 않았다. 이제 몸도 건강해졌으니 동네의 공원에 나가볼 생각이었다. 바깥에는 꽤 차가운 바람이 불어서 머리가 시릴 것 같았다. 모모는 모자를 빌려 쓸 생각으로 엄마의 방으로 향했다. 방문은 잠겨 있지 않았다.

엄마의 커다란 침대에는 빳빳한 커버가 덮여 있었다. 주름 하나, 머리카락 한 올도 보이지 않았다. 어젯밤 엄마는 정말 이 침대 위에서 드라우파디에게 마사지를 받은 걸까? 그런 흔적이 남아 있질 않은데.

책상 모퉁이에 붙여두었던 스캐너는 이미 사라지고 없었다. 드라우파디가 떼어냈을까? 엄마는 이 상황을 알까? 그때 모모의 호기심을 더욱 자극하는 물건 하나가 눈에 들어왔다.

책상 위에 엄마가 자주 사용하는 PDA가 놓여 있었다. 실수로 두고 간 모양이었다.

모모는 엄마가 PDA에 많은 것을 기록해둔다는 것을 알고 있었다. 아마도 장부와 일기, 업무 계획 따위가 모두 들어 있을 것이다. 아주 신기한 물건이었다. 엄마는 자주 집 안 한구석에 앉아 무언가를 기록하다가 또 생각에 잠기곤 했는데, 그 속에 적힌 내용을 보는 일은 모모에게 한 번도 허락되지 않았다.

그런데 드디어 그 PDA가 모모의 손에 들어온 것이다! 거기 적힌 내용을 볼 수만 있으면 엄마의 비밀도 알아낼 수 있다!

모모는 매크로하드의 상표가 새겨진 PDA를 켜보았다. 잠겨 있지 않았다!

기계를 작동시키자 작은 화면이 켜졌다. 마치 ATM과 같은 화면에 다음과 같은 글자들이 떠올랐다.

—비밀번호를 입력하시오.

비밀번호? 모모가 엄마의 비밀번호를 어떻게 알겠는가?

엄마가 설정한 비밀번호가 몇 자리인지도 모모는 짐작할 수 없었다. 그저 끼워 맞춰보는 수밖에 없다!

모모는 자신의 생일을 입력해보았다. 2070년 6월 6일. 그렇다면 20700606…… 일치하지 않았다. 다시 엄마의 생일로 도전했다. 2050년 12월 24일, 20501224…… 역시 틀렸다! 혹시 숫자가 아닌 영문으로 된 비밀번호일까? 그녀는 다시 ILOVEANDY를 입력해보았으나 맞을 리가 없었다!

화면에 다시 글자들이 떠올랐다.

—비밀번호 연속 3회 오류로 서비스가 종료됩니다.

화면 속 글자들이 사라졌다.

망했어! 아무것도 못 봤잖아! 그냥 공원이나 가야지!

모모는 휴지 한 장을 꺼내 PDA에 남은 자신의 지문을 지웠다. 자신이 PDA를 훔쳐보려 한 사실을 엄마가 알게 된다면 분명 화를 낼 것이다.

모모는 엄마의 옷장에서 제일 작은 캡 모자를 하나 골라 머리에 눌러쓴 뒤 도망치듯 밖으로 나갔다.

모모는 오랫동안 그 공원에 가보지 못했다. 가장 최근의 방문도 입원 전이었다. 그녀는 그네 타기를 좋아했다. 펄럭이는 치마 사이로 바람이 파고드는 느낌이 좋았다.

그녀는 공원으로 달려갔다. 아직 시간이 이른 탓인지 사람은 거의 없었지만 자신이 가장 좋아했던 그네 위에 누군가 앉아 있는 것이 보였다. 어른이었다. 그 어른은 자신을 향해 다가오는 모모에게서 시선을 떼지 않았다. 미소를 짓고 있었지만 말은 하지 않았다.

남자였다.

모모는 남자의 옆에 있는 다른 그네에 걸터앉았다. 남자는 여전히 그녀에게서 눈길을 거두지 않았다. 모모는 백과사전에서 본 두 가지 항목을 떠올렸다.

'소아성애'와 '성희롱'.

모모는 짓궂은 얼굴을 하고는 그 남자 어른을 향해 말했다.

"하이! 그거 아세요? 나 원래 고추가 있었는데, 지금은 없어요."

"응?"

"치마 속에 손을 넣어서 만져볼래요?"

남자는 의심하는 듯했지만 이내 손을 움직였다.

모모는 또 한 번 그 기분 좋은 간질거림을 느꼈다! 다만 남자의 손은 샤워기의 물줄기보다 부드럽고 조심스러웠다. 남자가 그녀의 눈을 바라보았다. 잔뜩 집중한 표정이었다. 원래 모모는 그 사람을 물어뜯고(그 사람의 손을 조준해서) 걷어찰(그 사람의 하체를 조준하여) 작정이었다. 혹은 비명을 지를 수도 있었다. 디스크북에서는 그녀에게 그렇게 가르쳐주었다. 하지만 그녀는 반항하지 않았다. 그녀는 저항할 필요를 느끼지 못했다. 그것이 자신을 나쁘게, 천박하게 만들었다는 복수의 쾌감 때문이었다. 비록 그것이 누구를 향한 복수인지 정확히 알 수 없었지만.

"왜 없어진 거야?"

"수술로 잘라냈어요."

"오."

"아, 바지를 벗어서 아저씨 고추를 보여주면 안 돼요? 어차피 아무도 없으니까 부끄러워할 것도 없잖아요." 모모는 생각했다. 그러면 자신은 더욱 타락하는 거라고.

"난 고추가 없어."

"왜요? 남자처럼 보이는데."

"사실 난 안드로이드야. 진짜 사람과 아주 비슷한 로봇이지. 머리카락이나 피부도 진짜 인간과 다르지 않아. 하지만 남자는 아냐.

나는 주인의 젊은 시절 모습대로 특별히 주문 제작됐어. 공장에서 나온 지 한 달밖에 되지 않았고."

A-N-D-R-O-I-D.

모모는 백과사전에서 얼핏 그런 단어를 본 것 같기도 했다. 하지만 자세히 읽은 적은 없었다.

"아저씨가 안드로이드라고요?"

"들어본 적 있어? 사람들은 보통 ANDY라고 부르더라. android 를 줄여서."

모모는 알아차렸다.

그녀의 두 다리가 떨리기 시작했다. '앤디'는 '안드로이드'를 의미하는 것이었다.

"내 이름은 앤디야. 너는 이름이 뭐니?"

"모모예요. 아저씨 이름이 앤디라고요? 다른 이름은 없어요?"

"없어. 공장에서 나오자마자 사람들이 날 앤디라고 불렀어. 나한테 무슨 기발한 이름을 붙여줄 만큼 다정한 주인도 아니었고. 그렇다고 나를 출고 번호로 부를 수는 없었겠지? 그러려면 열 개도 넘는 숫자를 기억해야 할 테니까. 아주 많은 안드로이드가 앤디라는 이름으로 불려. 그냥 습관처럼 굳어진 거야. 로봇견에 이름을 붙일 때 흰색으로 칠한 개는 죄다 '흰둥이', 얼룩덜룩하게 칠한 개는 죄다 '바둑이'라고 부르는 것처럼 말이야. 얼마나 단순해? 매일같이 나랑 똑같은 이름의 안드로이드가 세상 밖으로 쏟아져 나온다고 생각하면 정말 따분하게 느껴져. 어째서 우리에게 좀 더 특별한 이름을 붙여주지 않을까? 짧게나마 독립적인 삶을 살아가는 재미를 느끼게 해줄 수도 있을 텐데."

앤디는 입담이 좋은 '사람' 같았다. 모모는 쉴 새 없이 이어지는 그의 이야기에 귀를 기울이고 있자니 마음 한구석을 차지하고 있던 뜻 모를 괴로움에서 조금쯤 벗어나는 것 같았다. "네 이름은 참 재미있어. '모-모', 듣기만 해도 먹음직스럽잖아."

모모가 참지 못하고 웃음을 터트렸다. 사실 속은 몹시 쓰렸지만.

"왜요?"

"사람들은 복숭아 케이크를 먹을 때 멈-멈 이런 소리를 내잖아. 맛있는 버섯 포타주를 먹을 때도 그렇고. 내 주인은 애인과 입을 맞출 때도 한참을 멈-멈 하는 소리를 내. 마치 상대의 입술과 혀가 아주 달콤하고 맛있다는 듯이 말이야."

"진짜 재미있으세요. 앤……디…… 아저씨." 모모는 그 단어를 입에 올리는 것이 어색했다. 그 이름은 사라진 그 여자아이만을 위한 것이어야 한다. 모모가 알지도 못하는 수없이 많은 안드로이드의 것이 아니다.

"모모! 나는 공원을 좋아해서 자주 놀러오는데, 한 번도 만난 적이 없었네."

모모는 고개를 끄덕였다. 설명을 덧붙일 기운은 없었다.

앤디 아저씨는 공장에서 나온 지 한 달이 채 되지 않았고, 그 사이 모모는 줄곧 병실 속에 갇혀 있었다. 공원에 온 것은 그녀가 입원하기 전의 일이다. 앤디 아저씨가 지금 앉아 있는 그녀가 바로 모모가 예전에 가장 좋아하던 자리였다. 그 그네에 앉으면 아주 높이 올라갈 수 있었다.

앤디 아저씨가 말을 이어갔다. "주인은 어제 자기 애인 집에서 잔 모양이야. 새벽에 잠에서 깼을 때 나 혼자 집에 있는 걸 알게 됐는데, 너무 무료하더라고. 그래서 또 공원에 왔어. 그리고 지금이 아니면 놀 기회가 없기도 하고. 내일 수술실로 들어가야 하거든."

"왜요?"

"이식. 주인은 자기 몸이 노화됐다고 생각해. 뱃가죽이 축 늘어졌거든. 그래서 내 몸으로 바꾸려는 거야. 병원에 가서 자기 몸에서 쓸모없어진 부위를 잘라내고 내 몸에서 가져간 것들로 채우는 거지. 수술 뒤에는 주인과 내가 한 몸이 되는 거야." 안드로이드는 깔깔거리며 웃기 시작했다. "그런데 말이야, 자기가 원래 가지고 있던 그 고추는 그대로 둘 거래. 자기가 쫓아다니는 그 소년들에게 봉사하려고. 그래야만 진실한 친밀감을 느낄 수 있다나. 그래서 그 부위만은 새것이 필요 없대. 큭!"

□

그날 모모는 집으로 돌아간 뒤 곧바로 옷을 모두 벗어 던지고 전신거울 앞에 서서 자신의 나체를 바라보았다. 무언가 낯설기도 하고 익숙하기도 했다.

모모는 다시 허둥지둥 옷을 챙겨 입고 외투를 껴입은 뒤 솜이 불로 온몸을 꽁꽁 싸맸다. 마치 자신의 머리 아래에 몸뚱이가 달려 있다는 것을 잊어버리려는 것처럼. 어떻게 된 영문인지는 알게 되었지만 자신의 몸을 어떻게 보아야 하는지는 더욱 미궁이었다. 엄마는 앤디가 여전히 모모와 함께 있다고, 영원히 모모와 함께 있을 거라고 말했다. 그 말은 앤디의 몸과 자신이 하나로 합쳐졌다는 뜻이었을까? 이 두 손은 원래 모모의 것이었을까, 아니면 앤디에게서 온 것일까? 이것은 누구의 배일까? 고추가 없어진 것을 보면 배꼽 아래의 이 말랑말랑한 부위는 분명 앤디의 살덩이였을 것이다! 흉터가 없으니 그녀의 어느 부위가 새로 붙인 곳인지 표시도 나지 않았다. 게다가 그녀의 손가락은? 앤디의 것일까? 앤디의 중지는 모모가 이미 삼켜버렸는데…… 그녀는 아무리 생각해도 이해가 되지 않았다.

퇴근 후 집으로 돌아온 엄마에게 모모는 원망을 쏟아내기 시작했다. 그녀는 어떻게 말을 시작해야 할지 몰라 결국 다시 앤디를 돌려달라고 요구했다. 이제 모모는 앤디가 세상에 단 하나가 아니라는 것을 알게 되었다. 그녀가 원하는 것은 자신의 마음속에 있는 그 앤디다.

"앤디를 돌려줘요!" 가장 직접적이고도 분명한 항의였다. 확실하고도 명료한 표현이지만 엄마는 모모가 억지를 부리는 것이라고만 생각했다.

"모모, 무균 인공지능 안드로이드를 주문 제작하고 전혀 흉터가 남지 않는 완벽한 수술을 진행하려면 얼마나 많은 돈이 필요한지 아니?"

엄마는 그제야 차분히 설명해주었다. "앤디의 몸은 네 발육과 성장에 맞춰서 생리적 변화까지 가능하도록 특수 설계된 거야. 안 드로이드 중에서도 가장 최신 모델이지. 네가 앤디의 몸에 더 익 숙해지고 거부감도 줄일 수 있게 병원에서 특별히 네 입원 생활의 룸메이트로 만들어줬고. 그러니 너도 수술을 기쁘게 생각해야 해. 네가 그렇게 앤디를 좋아했다면 말이야."

"앤디는 나랑 함께 있지 않아요! 앤디가 보이지 않잖아요! 엄마 랑 어른들 손에 죽은 거예요! 갈기갈기 찢겨서! 추리 소설에 나오 는 것처럼! 살인이라고요!"

"모모. 넌 몰라. 수술을 성공적으로 마치기까지 얼마나 많은 노 력이 필요했는지……."

"상관없어요! 자꾸 모른다는 말 마세요! 엄마가 생각하는 것보 다 훨씬 많은 걸 알고 있으니까! 엄마는 내가 『햄릿』을 이해할 수 있는 것도 몰랐잖아요! 『베니스의 상인』도 읽었다고요! 내가 모를 거라고 생각하지 마세요! 엄마가 앤디를 죽인 거 다 알고 있으니 까!"

"모모, 말이 지나치구나."

모모는 멈추기는커녕 더욱 악을 쓰며 가시 돋친 말을 쏟아냈다.

"제일 이기적인 사람은 엄마예요! 내 친구는 빼앗아 갔으면서! 엄마는 친구도 사귀고 침실에 데리고 들어가서 옷을 홀딱 벗고 주물러대잖아요!"

모모는 문을 박차고 방으로 들어가 디스크 게임을 하며 분을 삭이려 했으나 게임을 시작한 지 채 5분도 되지 않아 모니터 속 매크로하드라는 문구가 눈에 들어왔다. 그것을 보자 더욱 분통이 터져서 곧 게임도 그만두고 말았다.

모모는 다시 방을 뛰쳐나가 엄마를 향해 악을 쓰고 싶었다.

하지만 엄마는 이미 어디로 갔는지 보이지 않았다. 그러고는 밤새 돌아오지 않았다.

□

이튿날 아침 모모가 잠에서 깼을 때도 엄마가 집에 왔다 갔는지 확인할 길은 없었다. 모모는 생각할수록 가슴이 답답해져서 다시 공원으로 나갔다. 앤디 아저씨가 벌써 와서 그네에 앉아 있었다. 모모는 다가가 그의 옆에 앉았다. 전날 그녀는 서둘러 집으로 가다가 캡 모자를 잃어버렸지만, 그 일로 앤디 아저씨에게 화가 난 것은 아니었다.

"모모, 기분이 안 좋아?"

"아저씨는 예전의 앤디를 생각나게 만들어요. 저랑 비슷한 여자아이였어요."

"아마 네 체형에 맞게 주문 제작했겠구나? 분명 아주 사랑스러웠을 테고. 그 아이는 이름이 뭐였니?"

"앤디요."

모모는 말을 뱉기가 망설여졌다. 자신이 가장 아끼고 사랑했던, 세상에 유일무이한 줄로 믿었던 이름이 뜻밖에 흔해 빠진 부호에 불과했다니.

"아." 앤디 아저씨는 약간 실망한 모양이었다. "나와 똑같구나."

"엄마가 나의 앤디는 나랑 한 몸이 되었다고 말했어요."

"수많은 앤디가 당초 주인과 한 몸이 되기 위해 설계되고 만들어지지. 나도 마찬가지야. 주인의 체형과 체질에 꼭 맞게 설계됐어."

"참, 오늘 수술방에 들어간다고 하셨잖아요?"

"오늘 오후에 수술이 진행될 거야. 그러니까 이게 내 마지막 그네 타기인 셈이지. 주인과 결합되고 나면 그 사람이 그네를 타러 올 리는 없으니까. 술집이나 사우나에서 남자애들과 노는 것만 좋아하거든." 그는 이야기를 이어가다가 문득 무언가 깨달은 듯 말했다. "바로 그거였어! 전신 이식 수술을 해야 주인의 몸이 제대로 업그레이드가 되는 거야. 그래야 사우나에서 당당하게 드러내 보일 수 있고!"

"아저씨 주인이 누군데요?"

"파올로. 이 동네에서 제일 잘나가는 정원사야."

앤디 아저씨의 입가에 약간의 우쭐함이 스쳤다.

화초와 나무는 21세기 아태 지역에서 귀하고 희소가치가 높았고, 전문적으로 잔디를 관리하고 잡초를 제거하는 정원사의 몸값도 덩달아 올라갔다. 아주 부유한 사람이나 집에 약간의 꽃과 풀이 자라는 정원을 갖출 수 있었으므로, 정원사를 고용하는 것은 흔한 일이 아니었다. 안드로이드를 주문 제작할 수 있는 능력이 있는 사람은 정원사와 같은 신세기의 여피족이 아니면 모모의 엄마처럼 죽어라 돈을 버는 사람들 정도였다.

모모는 그 정원사를 본 적이 있었다. 그럭저럭 젊은 축에 속하는 남자였는데, 아주 거들먹거리는 태도로 시 위원회 앞 화원의 잔디밭에서 풀을 뽑고 있었다. 발로는 몹시 호방하게 짙푸른 잔디밭을 디디고 서 있었다. 잔디밭을 밟는 것은 정원사만이 가진 특권이었다. 다만 안타깝게도 약간 뚱뚱한 편이라 제초기로 풀을 깎을 때 불룩한 배가 도드라져 보였다.

"그 사람 알아요. 하지만 그렇게 늙어 보이지 않던데. 왜 그런 큰 수술을 하려는 거예요? 엄마 말로는 요즘은 예뻐지고 싶으면 피부관리사만 잘 구하면 된다던데. 젊고 탱탱한 피부로 만들어준대요."

"바보, 피부관리사가 해결해줄 수 있는 건 표면적인 문제뿐이야. 몸속은 피부관리사의 능력 밖이지. 내 주인도 물론 평소에 피부 관리를 받고 있지만, 몸매가 보기 싫은 건 배 속의 문제 때문이야. 너 MM에 대해서 알고 있니?"

모모는 고개를 끄덕였다.

모형 MM은 아이들에게 가장 인기 있는 장난감이었다. 모모는 썩 좋아하지 않았지만 무엇인지는 알고 있었다.

MM, Master Monkey는 중국 고대 신화 속 인물인 '후행자猴行者' 손오공에게서 따온 이름으로 탕씨 성을 가진 화교 엔지니어가 가장 먼저 연구 개발에 성공한 고도의 기계화된 안드로이드를 가리킨다. '후행자'라는 명칭은 부처를 서역으로 안내한 손오공의 수완에 버금가는 MM의 초고효율의 민첩함과 공격력을 강조한 것이자, 72종의 변신술이 가능한 손오공처럼 고객의 요구에 맞춰 제작이 가능한 MM의 고도의 가변성을 나타내는 표현이었다.

안드로이드는 인류와 로봇 중간에 있는 피조물이고, MM은 안드로이드와 로봇 사이에 있다. MM은 안드로이드의 기본적인 인공지능을 갖췄고, 중장비 로봇보다도 훨씬 고강도의 재료로 제작되었다.

"MM을 예로 들어 설명할게." 앤디 아저씨가 말을 이어갔다. "겉만 손상된 MM이 있다고 쳐. 그러면 다시 페인트를 칠하고 코팅을 덧입혀서 겉껍데기를 보강하면 그만이야. 하지만 내부 부품에 문제가 생기면 더 대폭적인 수리가 필요해. MM의 절반 이상을 새 부품으로 교체하는 경우도 있어. MM을 가지고 이야기하는 이유는 MM이 사람의 몸과 정말로 유사하기 때문이야. 사람의 몸도 겉에 생긴 문제는 피부관리사로 충분하지만, 안에 생긴 문제에는 수술이 필요해. 규모가 큰 장기 이식 수술을 할 때 가장 이상적인 장기 공급원은 다른 인간이지만, 인간의 사망률이 너무 낮아서 뇌사 장기 기증자의 수가 극히 적고, 이따금 적출한 장기가 있어도 보통 중환자들에게 우선적으로 공급되다보니 우리 주인처럼 몸매를 개선하기 위해 장기를 구하는 사람은 후순위로 밀릴 수밖에 없지. 비교적 간단한 방법은 안드로이드를 맞춤 제작하는 거야. 그러면 필요한 장기를 얼마든지 교체할 수 있으니까."

"하지만 그렇게 되면 원래 주인과 함께 있던 안드로이드는 사라져버리잖아요? 아저씨는 두렵지 않아요?"

"그건 어쩔 수 없는 일이야. 돈과 힘을 가진 사람들이 우리를 만들고, 우리 운명을 결정하니까. 우리는 아무것도 결정할 수 없어." 앤디 아저씨는 어깨를 으쓱해 보였다. "게다가 우리 같은 안드로이드는 주인과 함께하기 위해서가 아니라 주인의 수술에 완벽한 편의를 제공하기 위해 세상에 나오는 거니까. 주인과 함께 지내는 기간도 주인이 나에게 적응하는 과정 중 하나야. 내가 주인의 심장과 피와 살이 될 테니까. 그래서 주인에게도 어느 정도 나와 함께할 시간을 주는 거야."

앤디 아저씨의 눈가가 붉어졌다. "이 세상에서 사라지는 건 물론 아쉽지만 그냥 오늘 오후에 내가 주인의 몸으로 들어가는 거라고 생각해야지. 그대와 나, 내 속에 그대가 있고, 그대 속에 내가 있으니, 어찌 기쁨의 눈물이 흐르지 않으랴, 뭐 그런 식으로."

"아저씨를 또 만날 수 있을까요?"

"이 동네에서 제일 잘나가는 정원사를 만나면, 그게 바로 나를 만난 것과 같아. 내 몸 전부가 그 사람 안에 있을 테니까."

모모는 문득 중요한 문제를 떠올렸다.

"그러면 아저씨의 이야기를 들을 수도 있어요?"

"나도 모르겠어."

앤디 아저씨의 얼굴이 창백해졌다. "언어 기능은 전적으로 주인이 컨트롤하니까. 나는 그저 주인에게 필요한 장기를 제공할 뿐이고."

모모는 이미 너무도 오랫동안 자신의 앤디와 이야기를 나누지 못했다.

엄마는 앤디의 몸이 모모 안에 있다고 말했다. 앤디 아저씨의 이야기를 통해 인류가 어떻게 안드로이드 꼬마 앤디의 몸을 이용했는지 더욱 분명해졌다. 모모는 앤디와 함께 있는 것이 좋았다. 하지만 이처럼 무자비한 수술을 원한 것은 아니었다. 그녀는 앤디와 함께 책을 읽는 것이 좋았다. 그것은 어깨를 나란히 맞댄 감각이다. 어깨와 어깨를 나란히 맞대는 것. 하지만 지금 모모가 앤디의 눈을 가지게 되었다 한들 '두 사람이 함께'였을 때의 기분에는 이를 수 없다. 게다가 모모는 앤디와 이야기를 나누고 그녀의 목소리를 듣는 것이 좋았다. 이제 모모는 마치 크리머를 넣은 뜨거운 커피처럼 영원히 앤디와 한 몸으로 뒤섞였다 해도, 더 이상 앤디와 대화를 나눌 수는 없다.

커피에 크리머를 넣으면 맛에 변화는 생기지만 그것이 커피라는 사실은 바뀌지 않는다. 하지만 크리머는 완전히 커피의 일부가 되어버리고 흔적도 없이 사라진다. 앤디는 모모의 마음속에서 이야기를 하고 있을까?

수술 뒤 가끔 모모의 몸 깊숙한 곳에서 새어나오는 목소리가 있었다. 수술의 후유증일까, 아니면 그녀의 몸속에서 속삭이는 앤디의 목소리일까?

모모의 마음속에 소리 낼 수 없는 파열음과 설명할 길 없는 몽타주의 이미지가 생겨나기 시작했다. 앤디는 모모의 몸속에서 죽어버린 것일까? 모모가 안드로이드의 무덤이 되면서 모모의 마음속에 유령이 된 앤디의 음산한 소리와 이미지가 맴돌기 시작한 것은 아닐까?

모모는 꿈에서 차가운 방을 보았다. 별이 뜬 밤하늘 아래로 규칙적으로 배열된 실버크롬색 기계들이 돌아가는 소리가 끊임없이 이어지고, 새하얀 톱니바퀴들이 거울로 비쳤다. 앤디 아저씨가 말한 것과 같은, 마치 육지의 무기 공장인 듯한 장면과 거기서 나는 소리였다.

"이야기는 여기까지 해야겠어. 수술 준비를 하러 가야 해."

"성공적인 수술이 되길 바랄게요."

"모모, 다시 널 만날 수 있으면 좋겠어. 할 수만 있다면 주인을 시켜서 인사할게."

모모는 손으로 그네의 쇠사슬을 붙잡고 있었다. 바람이 속옷을 입지 않은 치마 속으로 불어 들어와 대장을 지나 소장까지 들어가도록 내버려둔 채. 그녀는 위장이 차가워지는 것을 느꼈다. 마치 배 속에 눈이 내려 눈송이가 앤디의 시체 위를 뒤덮고 있는 것 같았다.

모모는 날이 저문 뒤에야 집으로 돌아갔다. 엄마는 집에 있었지만 모모에게 말을 걸지는 않았다. 엄마도 침묵을 지켰다.

□

그날 이후 모녀 사이에 대화는 크게 줄었다. 꼭 필요한 이야기가 아니면 서로 말을 꺼내지 않았다.

모모는 먼 곳으로 공부를 하러 가고 싶다고 했고, 엄마는 반대하지 않았다.

"피부관리사 공부를 해보고 싶어요. 피부 관리 전문가가 될 거예요. 공부 끝나고 피부관리사가 되면 학비와 생활비는 원금에 이자까지 더해서 갚아드릴게요."

엄마는 역시 반대하지 않았다.

스물다섯 살의 모모는 상을 받고 큰돈을 벌게 된 후 과연 거액의 돈을 매크로하드의 본부로 송금했다. 엄마는 즉시 이메일을 보내왔으나 그 속에는 영수증만 있을 뿐 다른 말은 없었다.

모모는 기숙학교에 들어간 뒤로 다시는 엄마를 만나지 못했다. 졸업 후에는 일을 하느라 더욱 바빠졌다. 엄마의 얼굴은 매크로하드의 신간 광고에서나 가끔 보는 것이 전부였다.

그 정원사 앤디 아저씨(자신의 바람대로 주인의 신체 일부가 되었으므로 그냥 그 정원사 정도로 부르는 것이 맞을 것이다)는 다시 만나지 못했다. 다시는 그 공원에 그네를 타러 가지 않았으니까. 모모는 어린 시절 살았던 그 동네조차 다시 찾은 적이 없었다.

정원사는 죽기 전에 앤디 아저씨의 몸과 함께 공원에 가본 적이 있을까?

모모는 알 수 없었다.

☐

기숙학교에 있던 모모는 인터넷 사이트에 뜬 뉴스를 통해 우연히 정원사의 사망 소식을 알게 되었다.

기사 제목은 이러했다.

역사의 재연인가? 파올로 파솔리니의 비참한 죽음!

기사에 따르면 어떤 사람이 자동차를 몰아 고의로 정원사를 들이받은 뒤 반복해서 정원사의 머리 위로 바퀴를 굴렸는데, 정원사의 두개골 전체가 완전히 납작해져서 제아무리 대단한 생화학 수술도 소용없을 정도였다고 했다. 생화학 수술이 성립되기 위한 가장 최소한의 기본 요건은 살아 있는 인간의 두뇌였다.

어째서 그처럼 잔인한 짓을 벌인 걸까?

뉴스는 마치 비밀 이야기라도 털어놓듯 밝혔다. 거액을 투자해 생화학 전신 수술을 감행하여 젊음을 찾은 중년의 정원사 파올로는 동네의 질이 나쁜 소년에게 아낌없이 큰돈을 뿌리며 구애했으나 상대는 무참히 파올로를 겁탈하고 로맨틱한 여운 따위도 없이 난폭하게 술병을 휘둘러 파올로를 기절시킨 뒤 그대로 차를 몰아 파올로의 머리를 박살냈다. 그로써 정원사의 방탕한 일생이 끝이 났다.

마음을 빼앗겼던 소년이 자신을 살해했을 때의 심정은 분노였을까, 환희였을까? 어떤 이는 평범하게 죽는 것보다 격정 속에 죽는 것이 낫다고 말했다. 정원사는 감정적인 인물이었고 예술가였으니, 그리 비통한 마음은 아니었을 것이다. 아, 예술가는 본디 죽음을 두려워하지 않는 법이다. 죽음을 두려워하는 사람은 예술가라고 할 수 없다.

모모의 마음은 파올로의 앤디에게 향했다. 그는 자신이 우러러보던 주인 파올로와 함께 목숨을 잃었으니 행복하고 기뻤을까? 모모는 의문이 들었다. 앤디는 주인으로 인해 죽었는데, 그 주인은 바퀴에 깔려 숨이 끊어지는 순간 자신의 몸속에 있는 앤디를 잠깐이라도 떠올렸을까? 파올로가 숨이 끊어지던 순간 떠올린 쪽은 아마도 그 질이 나쁜 소년이었을 것이다!

아니면 앤디는 자동차 사고 이전에 이미 죽은 것은 아닐까? 생화학 수술이 진행되고 앤디가 정원사의 몸속으로 섞여 들어간 순간 이미 주인의 미적 욕망을 충족시키기 위해 독립적인 생명을 상실한 것이라면? 그렇다면 앤디의 두 번째 죽음은 진정한 죽음이 아니다. 다만 아마도 자신의 첫 번째 죽음보다 더욱 끔찍했을 것이다. 그 죽음으로 주인에게 바친 희생도 물거품이 되어 산산이 부서져 흩어지고 말았으니까.

모모는 자신의 몸에 있는 꼬마 앤디를 떠올리지 않을 수 없었다. 자신의 앤디에게 미안하다고 해야 할까, 아니면 고맙다고 해야 할까? 앤디의 죽음으로 자신이 완성되었다. 모모는 마치 앤디라는 카나리아를 가둔 새장과도 같다. 새장 속에서 울지도 날지도 못하는 카나리아는 시체와 다를 바 없다.

새장과 함께 독신으로 지내던 모모가 작은 잡종견 한 마리를 받아들일 수 있었던 이유도 개는 고양이와 달리 새를 잡아먹지 않을 것이라 생각했기 때문이다. 최소한 20세기에 유행하던 게임의 규칙은 그랬다.

그녀는 그렇게 믿고 있었다.

□

집을 떠나 학업에 열중했던 시절, 열 살이었던 2080년부터 스무 살이 된 2090년까지 모모는 아주 단조로운 삶을 살았다. 엄마는 출판 제국에서 한 계단씩 올라가며 자신의 입지를 다졌다. 모모는 엄마에게 기댈 마음이 추호도 없었으나 약간의 예외는 있었다. 성실한 모모는 매크로하드 출판 기업의 출판물을 대거 활용해야 하는 상황이었고, 엄마가 홍보하는 디스크북은 질적으로나 양적으로 모두 압도적이었다.

엄마는 매크로하드를 위해 모든 것을 바쳐 일했고 규모가 큰 프로젝트에는 반드시 직접 나섰다. 모모가 컴퓨터 모니터를 켤 때마다 엄마가 주연을 맡은 백과사전 광고가 튀어나올 정도였다. 21세기의 컴퓨터에는 20세기의 TV와 마찬가지로 몇 분에 한 번씩 광고가 출현했다. 이제는 거의 자취를 감춘 영화관에서도 엄마가 등장하는 광고가 상영되었다. 영화 백과사전의 광고였는데, 모모도 본 적이 있었다. 노스탤지어 열풍이 불었던 시기, 그녀는 '신 시네마 천국Nuovo Cinema Paradiso'이라는 이름의 어느 이탈리아 영화 상영관에 갔었다. 당시 상영 중이던 영화는 북유럽의 시대극 잉마르 베리만의 「가을 소나타」였다. 광고에 등장한 엄마의 다정한 입꼬리처럼 매크로하드에서의 엄마의 지위도 함께 올라가고 있었다. 모모는 홀로 상영관을 빠져나가 자신의 컴퓨터 책상과 작업대 틈으로 돌아갔다.

모모의 손가락은 몹시 분주했다. 미용 실습 중에는 열 개의 손가락이 모두 각자의 쓰임에 따라 움직여야 했다. 안마를 하고, 미용 크림을 바르고, 다시 마사지를 통해 크림의 영양분을 피부 깊은 곳까지 침투시킨다. 컴퓨터를 쓸 때도 손가락이 건반에서 떨어지지 않았다. 숙제를 하거나 웹 서핑을 하고 이메일을 읽고 디스크북을 검색했다. 그녀는 진지한 학생이었다.

모모는 진지한 소녀이기도 했다. 열다섯 살이던 모모는 손가락을 자신의 두 다리 사이의 골짜기에 넣어본 적도 있었다. 그곳은 그녀에게 대낮에는 들리지 않았던 소나타를 연주해주었다. 극도의 쾌감으로 정신을 잃을 듯한 애무의 시간 속에서 모모는 거품을 타고 바다 위로 떠오른 자신의 모습을 보았다. 발바닥은 뜨겁게 데워진 누렇고 날카로운 자갈을 밟고 있었다. 그녀의 손가락이 전쟁에서 목숨을 잃고 사방에 널브러진 MM의 시신을 어루만졌다. 그 피가 흐르지 않는 잔해는 끝도 없는 태양빛의 세례를 받았다. 그녀는 MM의 죽음을 파헤치고 그 얼굴을 어루만지다가 그것이 앤디의 얼굴임을 알아차렸다. MM과 앤디는 모두 안드로이드였다. 인간이 아닌 안드로이드 앤디에게도 삶과 죽음이 있을까?

그녀의 망상은 거기서 끝났다. 자위의 방종에서 깨고 나면 더는 이어지지 않았다.

모모는 제멋대로 뻗어나가는 생각의 단편들을 털어내려 옷을 벗어 던지고 샤워기 아래에 섰다. 손가락으로 거품이 묻은 몸을 어루만졌다. 이렇게 매끈하고 아무런 흉터도 없다니, 마치 수술이라고는 겪어보지 않은 듯 젊고 아름다운 몸이었다. 하지만 이것은 자신의 몸일까? 몸은 그녀 자신의 것일까? 아니면 앤디의 것일까? 그녀의 몸에 이식된 앤디의 장기는 모모와 성장과 발육을 함께 했다. 그러므로 모모의 봉긋한 유방 속에는 아마도 앤디의 선腺이 지나고 있을 것이다. 하지만 앤디에게 생식 능력이 없어서인지 모모 또한 월경을 겪은 적이 없었다. 그렇다면 이 유방과 하체는 모모에게서 온 것일까, 앤디에게서 온 것일까?

때로 모모는 이런저런 의문에 사로잡히곤 했다. 이식 수술 뒤 앤디는 모모의 일부가 된 것일까, 아니면 모모 자신이 앤디 몸의 한 덩어리로 변한 것일까. 자신이 받은 수술이 그렇게 엄청난 것이었다면, 앤디의 신체 조직 중 적지 않은 부분이 모모에게 사용되었을 것이다. 그게 얼마만큼일까? 몇 퍼센트나 될까? 아무리 그래도 99퍼센트까지는 아니겠지?

그럴 리는 없다. 수술 뒤에도 모모는 여전히 자신의 머리와 뇌와 그 속의 기억을 가지고 있었으니까. 하지만 몸의 다른 부분은 전부 앤디로부터 온 것이라면?

아닐 거야. 모모는 앤디를 사랑했다. 하지만 그런 식의 결합은 원치 않았다.

그것은 마치 아름다운 새장에 카나리아를 가두는 것과 같다.

7

"작업실치고는 특이한 이름이야. 카나리아라니. 분명 솜씨도 이름처럼 화려할 테지." 드라우파디가 말했다. "정말 궁금해. 네가 말하는 카나리아가 누구를 가리키는 건지. 도대체 무슨 의미야?"

불청객 드라우파디는 모모가 작업실을 개업한 지 얼마 되지 않았을 때 등장했다. 2095년, 모모는 스물다섯 살이었다. 당시 모모에겐 이미 정해놓은 규칙이 있었다. 그녀는 미리 예약한 사람에게만 서비스를 제공했으며, 약속 없이 찾아온 손님은 상대하지 않았다. 하지만 이번에는 드라우파디다. 모모는 거절할 수가 없었다. 드라우파디는 모모가 가장 먼저 알게 된 피부관리사이자 대선배다. 그 시절 드라우파디가 나타나지 않았다면, 모모는 지금의 길을 걷지 않았을지도 모른다.

"모모, 이게 몇 년 만이니. 나 기억해? 정말 복숭아처럼 매끈한 얼굴이로구나. 더 볼그레하고 반질반질해졌고 말이야."

드라우파디는 보라색 사리를 입고, 손에는 기다란 바이올린 가방을 들고 있었다. 가방은 마치 고대 테러리스트들이 기관총에 사용하던 것과 흡사하여 괴이하기 짝이 없었다. 드라우파디는 전혀 나이 들어 보이지 않았다. 여전히 우아하고 윤기가 흐르는 검은 피부가 모모의 기억 속 모습과 완전히 일치했다. 본인이 그처럼 이름난 피부관리사이니 자신을 관리하는 데에도 비법이 있을 것이다. 다만 혹시 모모의 자격지심 때문인지는 모르겠으나, 이제 막 개인 사업을 시작한 모모로서는 품위와 자신감이 몸에 밴 드라우파디를 똑바로 쳐다보기조차 쉽지 않았다.

드라우파디는 작업실에 들어선 뒤에도 많은 말을 하지 않았다. 그저 바이올린 가방을 내려놓고는 묻지도 않고 옷을 벗었다. 가녀린 그녀는 마치 헐렁한 사리만 하나 걸친 듯 보였으나 옷을 벗으니 안에는 짙은 남색 사리가 또 있었다.

모모는 속으로 흠칫 놀랐다. 드라우파디가 미소를 머금고 말했다. "옷을 너무 많이 입었지? 내 이름이 왜 드라우파디인 줄 아니?"

드라우파디가 두 번째 옷을 벗었다. 안에는 파란색의 세 번째 옷이 있었다. 다시 옷을 벗자 네 번째 옷이 나왔다. 초록색이었다. 또 벗으니 노란색이, 이어서 주황색이 나왔다. 일곱 번째 옷은 빨간색이었다. 그것까지 벗은 뒤에야 드라우파디의 벗은 몸이 드러났다. 모모는 21세기의 소설 『겨울밤의 나그네라면Se una notte d'inverno un viaggiatore』속의 어느 여성을 떠올렸다. 그녀는 층층이 옷을 껴입고 있었는데, 옷을 한 겹씩 벗을 때마다 새로운 신분으로 변했다.

"칼비노의 『겨울밤의 나그네라면』이 떠올랐지? 꼭 그런 것은 아니야. 내 신분에는 전혀 변화가 없거든. 옷을 입었을 때나 벗었을 때나 나는 드라우파디야. 드라우파디라는 이름은 고대 인도의 전설에서 왔어. 『마하바라타』라고 들어봤니? 전설 속 드라우파디의 옷은 아무리 벗어도 끝이 없어서, 남들이 벗겨서 알몸으로 만들려고 해도 영원히 그럴 수가 없지."

드라우파디는 벌거벗은 채 침대에 앉았다. 옷을 입고 있을 때는 가냘프게 보였으나, 벗은 몸은 은근히 볼륨감이 있었다. 그녀의 검은 피부는 모세공을 통해 충분한 산소를 빨아들인 듯 윤이 나고 생기가 넘쳤으며, 일정한 탄력을 유지하고 있었다.

"하지만." 모모는 상대의 탄탄하고 절대 흐트러지지 않을 것 같은 가슴에 시선을 고정한 채 용감하게 물었다. "지금 옷을 다 벗으셨잖아요?"

"『마하바라타』속 드라우파디의 옷은 아무리 벗어도 알몸이 되지 않도록 강요된 거야. 하지만 내가 여기서 옷을 벗은 건, 스스로 원해서야."

□

　　모모는 가장 어려운 곡을 골라 드라우파디의 알몸 위에서 연주를 펼쳤다. 잠시도 긴장을 늦출 수가 없었다. 모모는 온 힘을 쏟아 마사지를 하고, 드라우파디의 몸 구석구석까지 정성스럽게 해조팩을 발랐다. 그녀는 갓 데뷔한 피아니스트고, 마주한 피아노는 바로 자신이 경외하던 피아니스트의 화신이었다.

　　모모는 학창 시절 보았던 어느 영화를 떠올리지 않을 수 없었다. 베리만의 「가을 소나타」였던가? 영화 속 모친은 유명한 피아니스트였다. 피아노를 공부한 그녀의 딸은 성인이 되어 모친 앞에서 연주를 하게 되는데, 너무 힘이 들어간 나머지 연주를 계속할 수조차 없는 상황이 되고 만다. 피아니스트이자 자신의 모친인 어머니가 청중인 탓이었다. 모모는 마찬가지의 기분이었다. 다만 자신이 처한 상황에서는 피아노와 연주곡과 청중이 모두 하나로 뒤섞여 있을 뿐이었다.

　　침대 위의 드라우파디는 모모의 공들인 손놀림에 몹시 심취한 듯 말없이 눈을 감은 채 이따금 신음 소리를 뱉을 뿐이었다. 신음 소리는 마치 풍선을 비틀어 터트릴 때 나는 소리 같았으며 공기 방울이 터지듯 신선하고 역동적인 즐거움이 느껴졌다. 당시 열 살이던 모모가 스캐너를 통해 모니터로 엿본 드라우파디가 엄마에게 마사지를 하던 장면에서, 모모의 기억 속 엄마의 얼굴에 떠올랐던 행복한 표정이 침대 위에 누운 드라우파디에게서도 보였다.

드라우파디가 혹시 당시 모모가 스캐너로 훔쳐본 일에 대한 이야기를 꺼내지는 않을까? 모모는 떠올리고 싶지 않았다. 당돌했던 어린 시절의 기억이 새삼 민망했다.

장장 두 시간에 걸친 관리 프로그램이 끝나자 드라우파디가 몸을 세워 앉은 뒤 감았던 눈을 떴다. 황홀한 꿈에서 막 깨어난 표정이었다. 그녀는 몹시 만족스러운 듯 모모의 이름을 부른 뒤, 모모에게 값으로 따질 수 없는 대가를 주겠다고 말했다. 드라우파디는 알몸으로 자리에서 일어나더니 다시 옷을 입으려고 서두르는 기색도 없이 바이올린 가방을 안아 올렸다. 가방이 열렸고 당연하게도 그 속에는 악기가 들어 있지 않았다. 그렇다고 무기처럼 보이지도 않았다. 그것은 액체가 담긴 마치 치약처럼 생긴 튜브들이었다. 영양 크림이었구나! 그리고 IC 카드 한 장도 함께였다.

"바이올린 가방 안에 악기나 무기가 들었을 거라고 짐작했겠지? 맞아. 이것들은 악기이기도 하고 무기이기도 해."

□

드라우파디는 튜브 하나를 집어 들고 유액을 손바닥에 짠 뒤 온몸 구석구석에 고르게 발랐다. 도포가 끝나자 드라우파디의 몸 전체의 피부색이 옅어지더니 피부가 벗겨지기 시작했다.

드라우파디는 백과사전 속 허물을 벗는 뱀처럼 반투명의 사람 형상의 피부 한 겹을 몸에서 벗겨냈다. 마치 드라우파디의 체형을 그대로 본떠 만든 풍선 인형 같았다.

"옷 하나를 더 벗었어. 그래도 내가 방금 알몸이었다고 확신할 수 있겠어?" 드라우파디는 날카로운 눈빛 속에 무언가 꿍꿍이를 숨기고 있는 듯했다. "이건 내 또 다른 피부야. 피부막, M-SKIN이지."

바이올린 가방 속에 가득한 그 괴이한 유액들은 알고 보니 카나리아 작업실의 개업을 축하하기 위해 드라우파디가 준비한 선물이었다.

"모모, 이건 차세대 피부식 스캐너야. 너도 기억하지? 네가 어릴 때 가지고 놀던 장난감. 너는 분명 능숙하게 다룰 수 있을 거야. 이건 어른을 위해 설계된 육체의 게임이야."

드라우파디의 이야기 속에는 많은 암시가 담겨 있었다. 드라우파디는 모든 것을 알고 있었다!

"이 스캐너는 암시장에서도 구할 수 없는 물건이야. IC 카드를 컴퓨터에 꽂아봐. 몸을 읽는 법을 알려줄 테니까."

□

떠나기 전, 드라우파디가 엄마에 대해 물었다.

"최근에 모녀가 만난 적은 있어?"

"자주는 아니지만⋯⋯." 사실상 모모는 열 살에 기숙학교에 입학한 이후로 엄마를 만난 적이 없었다. 엄마의 얼굴은 매크로하드의 광고에서 본 것이 전부였다.

"안부 좀 전해주렴."

그 뒤로 드라우파디는 다시는 모모의 작업실에 나타나지 않았다. 드라우파디가 모모에게 남긴 스캐너의 풀세트는 보호막 유액과 탈피액으로 구성되어 있었다. 모두 고농도로 배합되어 있어 묽게 희석해야만 도포가 가능해서 몇 년을 써도 충분할 양이었다.

모모는 나중에 이렇게 추측했다. 아마도 드라우파디는 엄마와의 우정을 생각해서 자신에게 이렇게 신기한 선물을 줬을 것이다! 그런 거라면 모모는 기뻐해야 하는 것일까, 분노해야 하는 것일까? 또다시 엄마의 그늘에서 사는 것이 되지는 않을까?

그늘이 미치지 않는 곳은 없다.

불가사의한 그늘이 끊임없이 모모의 불가사의한 육체를 엄습해왔다.

8

자, 과거의 지난한 스토리는 여기까지면 족하다. 정말 재미있는 부분은 지금부터 시작이다.

모모가 서른이 되던 날은 바로 엄마가 그녀를 보러 오기로 한 날이기도 했다. 모모는 고소苦笑를, 냉소를, 실소를 금할 수가 없었다.

엄마가 먼저 나서서 모모와의 관계를 개선하려 하는 것은 이토 도미에가 디스크 매거진으로 일으킨 풍파 때문일 것이다. 엄마는 서둘러 사랑하는 딸을 만나러 감으로써 자신의 손상된 이미지를 회복하려는 것일까? 엄마가 보고 싶은 것은 모모일까, 아니면 모모의 손가락일까? 자신의 딸을 만나는 일을 어째서 20년이 지난 뒤에야 실행에 옮기는 것일까?

2094년, 모모가 스물네 살이 되던 해, 그녀가 아태 지역 창작 미용 피부 관리 분야에서 대상을 거머쥐었던 그 가장 영광스럽고 빛나던 순간, 모모는 자신의 수상작 카나리아와 함께 시상대 위에서 있었다. 무수한 플래시와 시선이 모두 그녀를 향해 쏟아질 때 매크로하드의 마케팅 총수였던 엄마도 그 자리에 있었을까? 무대 아래에서 시상식을 지켜봤을까? 모모는 의문이었다. 엄마는 아마도 딸의 수상 소식조차 몰랐을 것이다. 그렇지 않고서야 어째서 당시 모모의 이메일 수신함에 넘쳐나던 축하 편지들 중에 눈을 씻고 찾아봐도 엄마의 메일이 없을 수 있겠는가? 2095년, 모모가 스물다섯 살이 되던 해, 카나리아라는 이름으로 작업실을 열고 드라우파디까지 찾아와 축하해주던 시기에도 엄마는 그림자도 보이지 않았다. 그런데 자신의 서른 번째 생일에 이 문화계에서 가장 바쁘기로 소문난 매크로하드의 마케팅 총수께서 이제야 자신의 딸을 만나시겠다니!

히스테리와 원망이 모모의 머릿속을 뒤죽박죽으로 만들었다. 그녀는 자신의 단유기가 너무도 길고 오래도록 지속되고 있음을 알면서도, 그것이 자신의 잘못이라고는 생각지 않았다!

단유기를 벗어나지 못하는 것은 다음 단계로 넘어가지 않으려고 고집을 부리는 아이의 잘못일까? 아니면 그렇게 되도록 내버려둔 엄마라는 사람의 잘못일까? 아니면 애초에 아이의 잘못도, 엄마의 잘못도 아닌 것일까?

단유를 원치 않는 것이 왜 문제가 되는 걸까? 어째서 아이에게 성장을 강요하는 걸까? 아이가 성장을 거부하는데, 왜 그 죄를 꼭 아이나 엄마에게 뒤집어씌워야 하는 걸까? 어째서, 성장하지 않으면 안 되는 걸까?

어째서 세상에는 이처럼 난폭한 규칙이 있는 것일까?

□

결국 엄마가 나타났다. 모모는 2080년 수술을 하던 해의 열 살 아이처럼 두근거리는 마음으로 엄마를 맞았다. 그 시절의 근심과 걱정이 순식간에 그녀의 몸을 다시 사로잡았다.

엄마는 이메일에서 자신이 알아서 찾아갈 수 있으니 안내는 필요치 않다고 말했다.

모모는 그것도 괜찮다고 생각했다. 자신이 먼저 엄마에게 고개를 숙이지 않아도 되니까.

엄마는 모모의 ∞ 형상의 집 입구에 서 있었다.

엄마가 아직 집으로 들어오기 전, 모니터를 통해 입구를 향해 걸어오는 엄마를 발견한 모모가 흠칫 놀랐다. 진짜네, 분명 엄마야. 엄마는 훨씬 나이 든 모습이었다. 20년 만이 아닌가.

하지만 모모가 모니터를 통해 본 엄마는 평소 광고를 통해 접했던 것처럼 당당하고 아름답지 않았다. 엄마의 눈시울이 붉게 물들어 있었다.

감정이 북받쳐 오른 것일까?

모모는 덜컥 가슴이 내려앉았다. 마치 시간이 뒤엉켜버린 것 같왔다. 서른 살인 2100년이 아니라 열 살이던 2080년으로 돌아간 기분이었다. 익숙하고도 따스한 떨림, 모모는 병원을 나서던 그날도 비슷한 감정을 느꼈던 것이 떠올랐다. 열 살이던 그해, 수술은 성공적이었고, 앤디는 사라졌다. 모모는 무균 격리실에서 일반 병실로 옮겨졌고, 드디어 퇴원을 앞두고 있었다. 퇴원하던 날 모모는 병실 침대의 하얀 이불 속에서 자신을 데리러 온 엄마의 모습을 보았다. 한 걸음, 한 걸음, 고대 영화 속 느린 화면처럼 자신을 향해 걸어오고 있었다. 엄마의 눈은 그때도 축축하게 젖어 있었다.

엄마가 말했다. 모모, 우리 이제 집으로 가도 돼. 엄청 오랫동안 집에 못 갔잖아.

엄마는 벨을 눌렀고, 문을 열고 들어섰다.

문밖의 엄마와 모니터 속의 엄마는 똑같았다. 수수한 차림이었고, 광고에서처럼 패기가 넘치지도 않았다. 다만 눈가는 조금도 붉어지거나 젖어 있지 않았다. 모니터로 본 모습은 모모의 착각이었던 것일까?

너무 오랜만에 만난 두 사람은 순간 서로를 어떻게 대해야 좋을지 몰라 머뭇거렸다.

그렇게 어색하던 차에 평소 차분하던 앤디가 갑자기 엄마를 향해 왕왕 소리를 내며 짖었다.

모모는 얼른 앤디를 쓰다듬어주었다. "앤디, 착하지. 겁먹을 거 없어. 이쪽은 모모의 엄마야."

엄마도 입을 열었다.

"모모."

(모모는 엄마가 "모모, 우리 이제 집으로 가도 돼. 엄청 오랫동안 집에 못 갔잖아"라고 말할 것만 같았다.)

엄마는 말했다. "모모…… 네 강아지 이름도…… 앤디니?"

□

강아지로 대화의 물꼬가 트이자 모녀 사이의 분위기도 조금 편안해졌다.

"정말 이름을 앤디라고 지은 거야? 모모, 여전히 잊지 못하고 그리워하는구나, 어린애처럼. 하지만 진짜 어른이 된 걸 보니 엄마는 너무 기뻐."

강아지 이야기가 끝이 나자 다시 침묵이 이어졌다. 할 말이 없어지기라도 한 것 같았다.

"모모, 손가락은 괜찮니?"

"아주 좋아요. 새것으로 바꿔도 일에 지장도 없고요."

"다행이구나."

다시 어색한 침묵.

"모모, 어쩌다 강아지를 키우게 된 거야?"

"어떤 손님이 주셨어요. 돈 많은 일본인 기자요."

"일본인 기자? 아."

"엄마는 오늘 어떻게 시간을 내서 오셨어요?"

"모모, 오늘이 네 서른 번째 생일이잖아."

"하지만 스물아홉 살에도, 스물다섯 살에도, 스무 살에도, 열다섯 살에도 생일은 있었는데, 왜 더 일찍 찾아오지 않고, 서른이 될 때까지 기다리신 거예요?"

"엄마도 사정이 있었어."

"사업이 워낙 바쁘셨겠죠, 물론. 엄마는 문화계에서 가장 중요한 인물이니까."

모모의 눈에 엄마가 가져온 노트북이 포착되었다. 매크로하드의 상표가 찍혀 있는, 그녀가 예전에도 본 적이 있는 물건이었다.

엄마는 자신을 만나러 올 때도 일거리를 가져오는 것을 잊지 않았다!

"모모, 너와 오해를 풀 기회가 있었으면 좋겠어."

"업무용 노트북까지 가져오시다니. 진짜 효율적으로 일하시네요! 제 작업실을 일일 사무실로 내드릴게요."

엄마의 눈가가 젖어들었다.

"어쨌거나 제 생일은 축하해야죠, 엄마."

모모는 스캐너와 관련한 계획이 따로 있었다.

9

마침내 모모는 엄마의 노트북을 열었다.

비밀번호는 이미 알고 있었다.

엄마는 한동안 깨어나지 못할 것이다. 약을 탄 사과주를 잔뜩 마셨으니까.

다른 방법이 없었다. 모모는 너무도 궁금했다. 20여 년의 세월 동안 엄마는 이 철통 보안을 자랑하는 노트에 무엇을 기록했을까? 모모는 그것을 확인하고 싶었다.

□

모든 계획은 그 노트북을 다시 본 순간 시작되었다.

모모는 먼저 엄마에게 전신 마사지를 권했지만, 뜻밖에 엄마는 옷을 벗는 것을 내키지 않아 했다. 2080년, 열 살이던 모모는 스캐너를 통해 엄마가 아무것도 걸치지 않은 채 편안하게 드라우파디의 마사지를 즐기던 모습을 본 적이 있었다. 딸 앞에서 발가벗는 것을 원치 않는 것일까? 하지만 상관은 없었다. 모모는 기어이 엄마의 두 손에 피부막을 도포했다. 기억이 담긴 피부다. 엄마는 항상 업무를 염두에 두고 있는 사람이라 언젠가는 노트북을 켜는 순간이 오고야 말 것임을 알고 있었다. 그리고 엄마는 노트북을 사용하기 위해 분명 손가락으로 그 신비의 비밀번호를 입력할 것이다.

엄마가 노트북을 사용한 뒤 모모는 엄마에게 감미롭고 매혹적인 술을 건넸다. 엄마는 술을 들이켜자마자 곧바로 단잠에 빠져들었다. 모모는 손쉽게 탈피액으로 엄마의 손가락에서 피부막을 벗겨냈다. 비밀번호는 바로 거기에 기록되어 있었다.

모모는 엄마의 피부막을 컴퓨터에 인식시켰다. 노트북의 버튼은 각각의 위치에 배열되어 있고, 버튼 표면에 미세하게 돌기한 문자의 결 또한 상이해서 컴퓨터는 아주 쉽게 엄마의 손가락이 어떤 문자를 입력했는지 읽어낼 수 있었다.

엄마의 노트북 비밀번호는 일곱 세트의 문자로 구성되어 있었다.

일곱 세트? 컴퓨터의 비밀번호가 그처럼 복잡하고 까다로울 필요가 있나? 일곱 세트의 문자로 구성된 비밀번호라면 천문학적 숫자나 다름없는 복잡성을 가지고 있을 테니 제아무리 대단한 첩보원이 와도 뚫을 수 없을 것이다. 드라우파디의 스캐너와 피부막의 도움이 없었더라면 그 문자열을 손에 넣는 것은 애초에 불가능했다.

대기업의 기밀을 관리하는 높으신 분이니 엄마의 노트북에 설정된 여러 단계의 보안 장치가 이상할 것도 없었다. 그렇기에 엄마는 길을 가다가 노트북을 잃어버린다고 해도 누가 주워서 볼까 걱정하거나 자신의 실수를 만회하기 위해 당황하며 허둥지둥댈 필요가 없었다. 없어지면 없어진 거지 뭐. 노트북을 새로 사면 그만이다.

엄마가 사용하는 것과 같은 종류의 노트북은 NOTEBOOK이라는 이름을 가지고 있을 뿐 막상 기기에는 어떠한 자료도 저장되지 않았다. 그것은 먼 곳에 있는 기밀 컴퓨터의 자료 창고와 원거리 통신으로 연결되어 있는 창문에 불과했다. 사용자가 휴대한 노트북으로 자료를 저장하거나 취하는 방식으로 먼 곳에 있는 메인 컴퓨터를 간접적으로 활용하는 것이다. 그러므로 노트북을 분실하는 것은 큰 문제가 되지 않았다. 그 속에는 아무런 자료도 저장되어 있지 않고, 자료의 보물 창고는 철저한 통제를 받으며 먼 곳에 안전하게 보관되어 있었다. 노트북은 보물 창고의 출입구일 뿐이므로 외부인의 무단 침입만 막으면 된다. 40인의 도적 떼가 '열려라 참깨'라는 암호로 보물 창고의 입구를 봉쇄한 것과 다르지 않았다.

모모는 알리바바다. 그녀는 굳게 닫힌 입구에 일곱 개의 주문을 입력했다.

하지만 알리바바와 40인의 도적 떼의 이야기를 알고 있는 모모도 미처 생각지 못한 것이 있었다.

재앙은 알리바바가 평온한 보물 동굴로 들어선 순간 시작되었다.

보물 동굴은 사실 무덤 굴이나 다를 바 없었다.

□

노트북을 켜자 길에서 흔히 볼 수 있는 현금 인출기와 유사한 화면과 보라색 글씨가 모니터에 떠올랐다.

—비밀번호를 입력하시오.

모모는 첫 세트의 문자열을 입력했다. 곧이어 모니터에 조금 더 작은 남색 글씨가 나타났다.

—두 번째 비밀번호를 입력하시오.

다시 입력한 뒤에도 서로 다른 색깔의 글씨가 차례로 나타났다. 글씨는 뒤로 갈수록 조금씩 작아졌다. 모모는 일곱 번째로 아주 작은 빨간색 글씨로 쓰여 있는 지시에 따라 비밀번호를 입력했다.

모니터가 깜깜해지더니 몇 초 뒤 두 가지 아름다운 색감의 사각형이 나타났다.

왼쪽에는 '공무', 오른쪽에는 '개인'이라고 적혀 있었다.

모모는 망설임 없이 오른쪽 사각형을 선택했다.

다시 모니터에 아홉 개의 사각형으로 이루어진 우물 정 자 모양의 표가 나타났다. 정중앙에 자리한 칸에 '모모'라는 글씨가 적혀 있었다.

모모가 가장 먼저 선택한 것은 바로 그 칸이었다!

그녀는 떨리는 손가락으로 중간에 있는 칸을 클릭했다. 화면은
아래의 표로 바뀌었다.

2070년	2071년	2072년	2073년	2074년
2075년	2076년	2077년	2078년	2079년
2080년	2081년	2082년	2083년	2084년
2085년	2086년	2087년	2088년	2089년
2090년	2091년	2092년	2093년	2094년
2095년	2096년	2097년	2098년	2099년
2100년	2101년	2102년	2103년	2104년

표는 무엇을 의미하는 것일까?

칸칸이 나눠진 형태는 모모가 평소 고객의 피부막을 보관하는
서랍과 매우 흡사한 시스템으로, 칸마다 독립적인 세계가 구축되
어 있었다.

이것은 엄마가 모모에 대해 기록한 일기의 목록일까?

모모는 2094년이 적힌 칸을 선택하고 엔터 버튼을 눌렀다.

모니터에 아래의 내용이 떠올랐다.

—2094년, 모모 24세. '모모 아태 지역 창작 미용 피부 관리 대상 수상'

엄마도 이 일에 관심이 있었던 것일까?

모니터 오른쪽 아래에 사각형 하나가 새로 떠올랐다. '보기'라고
적혀 있었다.

뭘 보는 거지? 모모는 키보드로 보기 기능을 선택했다.

모니터에서 글씨들이 사라지더니 오디오가 포함된 영상으로 화면이 넘어갔다. 모모는 엄마가 노트북의 효과음 소리에 잠에서 깨지 않도록 음향을 ON에서 OFF로 전환했다.

아, 모니터에 표시된 화면은 모모도 본 풍경이었다. 모니터 속의 모든 디테일과 화면의 각도까지, 모든 것이 그녀의 흐릿한 기억에 있는 장면이었다. 마치 역사 다큐멘터리 영상이 담긴 테이프나 디스크 같았다. 영상에는 스물네 살의 자신이 아태 지역 창작 미용 관리 대상을 받는 영광스러운 순간이 담겨 있었다. 그녀는 자신의 수상작 카나리아와 함께 시상대에 올랐고, 수많은 플래시와 시선이 그녀를 향해 쏟아지고 있었다. 모니터는 마치 카메라의 렌즈처럼 시상식장 곳곳을 훑었지만 엄마의 모습은 담겨 있지 않았다. 모모는 음향을 OFF로 전환했지만, 그 장면에 우레와 같은 박수 소리가 함께 담겨 있으리라는 것을 충분히 짐작할 수 있었다. 모두 그녀를 향한 것이었다.

엄마는 화면 속에 등장하지 않았다.

설마 그날 엄마가 카메라맨을 자처했던 것일까? 딸을 위해 영상으로 기록을 남겨주려고?

모모야! 그런데도 엄마가 너를 외면했다고 비난할 수 있겠니?

엄마는 너를 끔찍이 아꼈어!

모모는 본질에서 벗어난 생각을 애써 떨치고 영상에 집중했다. 그녀는 온몸이 뜨겁게 달아올라서 마치 작열하는 태양 아래에 있는 것 같았다.

그녀는 2094년을 빠져나와 2080년을 선택했다.

모니터에 표시된 내용은 이러했다.

─2080년, 모모 10세. '모모 수술 성공' '모모 기숙학교 입학'

모모는 '모모 수술 성공'의 기록을 선택하고 '보기'로 들어갔다. 역시 자신의 기억 속 모습처럼 모모는 일반 병상에 누워 있고, 창밖에는 시든 나뭇잎이 바람에 흔들리고 있었다. 엄마가 침대로 다가와 퇴원할 수 있게 되었다고 알려주었다.

하지만 이번에는 화면 속에 엄마가 등장했다. 이 장면은 엄마가 촬영한 것이 아닌 모양이었다. 아니면 엄마가 전자동 카메라를 세팅한 덕에 함께 촬영된 것일까?

엄마는 아주 세심하게 모모의 삶 속 수많은 소소한 순간을 모두 촬영해두었다.

'모모 수술 성공'에 해당하는 영상은 너무 길어서 끝까지 보고 있을 수가 없었다. 모모는 해당 항목에서 빠져나왔다. '퇴원 및 입학'에 관련한 내용도 썩 구미가 당기지 않았다. 그녀는 2070년으로 이동했다.

화면은 곧바로 2070년으로 넘어갔다. 그해에 모모가 태어났다. 이름은 MO-MO, 복숭아라는 뜻이다.

이거 재미있겠는데! 모모의 출생과 같은 케케묵은 옛날 일까지 다 기록해뒀다니!

그녀는 '보기'로 들어갔다.

□

이 흐릿한 장면을 어떻게 설명해야 좋을까?

아득하고도 낯선, 진주색의 오래되고 낡은 사진이었다.

모모는 모니터를 통해 윤곽이 흐려 제대로 알아보기 힘든 두 사람의 그림자를 보았다. 너무 멀리서 촬영한 탓에 아주 조그맣게 찍히기는 했으나 어렴풋하게나마 두 사람이 여자라는 것 정도는 판별이 가능했다. 그녀들은 손을 맞잡고 안개가 자욱한 산길을 거닐고 있었다. 느리지만 가벼운 걸음이었다. 산 정상에 도착한 그들은 복숭아나무 아래에 앉아 김으로 싼 주먹밥을 먹고 민요를 불렀다. 그때, 카메라가 가까이 다가갔다. 그 덕에 모모는 두 여인 중 한 명이 엄마라는 것을 알아차렸다. 하지만 엄마의 친구는 누굴까? 화면에는 다른 여인의 뒷모습만 담겨 있었다. 두 사람이 웃으며 이야기를 나누는 장면이 이어졌지만, 카메라는 여전히 친구의 뒷모습만 찍고 있었다.

뒤이어 그 친구가 엄마에게 자신을 업어달라고 부탁하더니, 위로 손을 뻗어 휘둘렀다. 두 여인이 힘을 합해 나무에서 가장 큰 복숭아를 땄다. 복숭아는 사람 머리만큼이나 컸다. 엄마는 아주 기뻐하며 말했다. 모모는 어쩔 수 없이 노트북의 음향 기능을 다시 활성화시켰다. 엄마가 무슨 이야기를 했는지 알고 싶었다. 그녀는 노트북의 음량을 작게 조정했다.

화면 속 엄마가 말했다(엄마의 목소리는 예전과 똑같았다. 조금도 다르지 않았다). 중국 고대 전설에 복숭아를 쪼개 친구와 나눠 먹는다는 '분도'에 관한 아름다운 이야기가 있는데, 남들은 이해할 수 없는 남다른 우정을 뜻해. 우리 복숭아를 쪼개서 반쪽씩 나눠 먹고, 우리 둘의 우정을 축복하자.

그리하여 그녀들이 복숭아를 쪼개려고 껍질에 칼을 대는 순간 뜻밖에 복숭아 안에서 응애응애 하는 울음소리가 새어나왔다. 이것이 바로 모모의 출생 스토리일 것이다.

모모는 쓴웃음이 새어나왔다. 이처럼 황당한 출생 동화라니, 제대로 성교육을 받은 요즘 아이들 중에 이 정도 이야기에 속아줄 사람이 있을까? 그냥 장난이라고 생각할 것이다. 이걸 무슨 드라마처럼 찍어서 일기에 저장해두다니. 엄마에게 이런 순진한 면이 있을 줄이야.

화면 속의 아기는 얼굴이 발그레하고 단내가 흘러넘치는 것이 과연 복숭아에서 나온 딸다웠다. 엄마의 친구가 의견을 내놓았다. 아이의 이름을 '복숭아'로 하자고. 엄마의 친구는 일본인이었다. 그녀가 말했다. 복숭아에서 나온 아이에 관한 일본 고대 전설이 있는데, 이름이 모모타로야. 복숭아가 일본어로 모모거든. 아이의 이름은 그렇게 결정되었다.

모모는 그 여자의 목소리가 귀에 익었다.

들어본 목소리다. 하지만······.

정말로 그녀일까? 어째서 그녀지? 그녀는 왜 모모에게 그런 이야기를 꺼내지 않았을까?

엄마의 그 친구는, 바로 이토 도미에였다.

모모는 100퍼센트 확신했다.

□

모모의 출생에 관한 다큐멘터리는 물론 조작된 것이다. 하지만 왜 두 번째 여주인공을 도미에가 맡은 것일까? 도미에는 원래 엄마와 잘 아는 사이였나? 도미에는 모모의 오랜 단골인데, 그 사실을 여태 모르고 있었다니! 그렇다면 지난번 도미에가 디스크 매거진에 어머니의 날 특집을 기획한 것도 모모를 겨냥한 한바탕 쇼였을까? 어쩐지 엄마가 도미에의 인터뷰 기사를 보자마자 허둥지둥 모모에게 이메일을 보낸 것이 이상하기는 했다. 엄마와 도미에가 손을 잡고 그녀를 골탕 먹인 것일까? 모모를 가지고 장난을 친 것일까?

이것은 도대체 무슨 일기일까?

도대체 얼마나 많은 비밀이 숨겨져 있는 것일까? 이것은 모모의 삶에 관한 기록인데, 자신도 알지 못하는 부분이 있다니. 모모는 꼭 알아내고 싶었다!

□

모모는 또 다른 연대를 선택했다. 2095년이었다.

―2095년, 모모 25세. '모모 카나리아 작업실 설립' '드라우파디 모모 방문'

모모는 더욱 소스라치게 놀랐다.

드―라―우―파―디? 드라우파디가 자신을 찾아온 것을 엄마가 어떻게 아는 거지? 어째서 엄마의 노트북에 이런 기록이 남은 것일까?

모모는 '드라우파디 모모 방문' 화면으로 들어갔다. 음량을 15퍼센트로 조정했다. 엄마를 깨울 수는 없으니까.

소리가 흘러나왔다.

모모는 자신의 눈과 귀를 믿을 수 없을 지경이었다. 자신이 보고 듣는 것을 믿을 수 없어서가 아니라 자신이 보고 듣는 것이 바로 자신이 믿고 있던 것이기 때문이었다!

자신의 기억과 정확히 일치했다.

자신을 바라보는 얼굴의 각도까지 완전히 같았다.

군더더기도 없이, 또렷하고 분명한.

……"작업실치고는 특이한 이름이야, 카나리아라니. 분명 솜씨도 이름처럼 화려할 테지." 화면 속의 드라우파디가 말했다. ……"정말 궁금해. 네가 말하는 카나리아가 누구를 가리키는 건지. 도대체 무슨 의미야?" 드라우파디는 보라색 사리를 입고, 손에는 기다란 바이올린 가방을 들고 있었다. "모모, 이게 몇 년 만이니. 나 기억해? 정말 복숭아처럼 매끈한 얼굴이로구나. 더 볼그레하고 반질반질해졌고 말이야……." 드라우파디는 작업실에 들어선 뒤에

도 많은 말을 하지 않았다. 그저 바이올린 가방을 내려놓고는 묻지도 않고 옷을 벗었다. 그녀는 마치 헐렁한 사리만 하나 걸친 듯 보였으나 옷을 벗으니 안에는 짙은 남색 사리가 또 있었다. "옷을 너무 많이 입었지? 내 이름이 왜 드라우파디인 줄 아니?" 드라우파디가 두 번째 옷을 벗었다. 안에는 파란색의 세 번째 옷이 있었다. 다시 옷을 벗자 네 번째 옷이 나왔다. 초록색이었다. 또 벗으니 노란색이, 이어서 주황색이 나왔다. 일곱 번째 옷은 빨간색이었다. 그것까지 벗은 뒤에야 드라우파디의 벗은 몸이 드러났다. 드라우파디는 벌거벗은 채 침대에 앉았다. 옷을 입고 있을 때는 가냘프게 보였으나, 벗은 몸은 은근히 볼륨감이 있었다. 그녀의 검은 피부는 모세공을 통해 충분한 산소를 빨아들인 듯 윤이 나고 생기가 넘쳤으며, 일정한 탄력을 유지하고 있었다.

모모가 노트북 모니터를 통해 확인한 수년 전 영상들은 자신의 기억을 복제한 듯 완전하고 무결했다.

모모는 또 한 가지 기이한 점을 발견했다. 그녀는 자신의 삶의 기록 중 상당한 분량을 훔쳐보았지만, 다큐멘터리 영상의 가장 중요한 주인공은 시종 화면에 등장하지 않았다.

모모는 영상 일기 속에서 자신의 모습을 찾지 못했다.

그녀의 일기에 자신의 얼굴이 한 순간도 등장하지 않은 것이다.

□

만약 엄마가 이 영상들을 촬영한 사람이라면 엄마가 영상에 등장하지 않는 것은 당연하겠지만, 이것 역시 말이 되지 않는다. 드라우파디가 찾아온 그날, 엄마가 그 현장을 촬영하는 것은 불가능했다!

모모의 마음속에 불길한 예감이 엄습하면서, 자신도 모르게 어린 시절 가지고 놀던 조악한 스캐너가 떠올랐다. 설마 그럴 리는 없겠지만, 혹시 누군가 모모의 생활 반경에 스캐너를 설치해두었다면? 그렇게 수집한 영상을 모두 엄마의 노트북으로 전송했다면?

모모는 엄마를 흔들어 깨워서 이게 어떻게 된 일인지, 엄마가 어떻게 그렇게 졸렬한 방법으로 딸의 삶을 훔쳐볼 수 있는 것인지 따져 묻고 싶은 마음이 간절했다. 그러다 모모는 다시 생각을 바꿨다. 자신도 엄마의 일기를 훔쳐보지 않았는가? 똑같이 훔쳐본 이상 누구도 떳떳하지 않다.

만약 엄마가 스캐너로 모모의 사생활을 훔쳐봤다면 모모가 드라우파디의 피부막으로 고객들을 훔쳐보고 있었다는 사실도 알고 있을 것이다! 하지만 이 또한 모순이 아닌가. 만약 엄마가 정말로 스캐너를 통해 모모의 행실을 파악하고 있었다면 어째서 모모가 피부막을 바르도록 내버려두었겠는가?

혹시 엄마가 사용하는 것이 스캐너가 아니라면?

모모의 머릿속에 또 다른 생각이 스쳤지만, 스스로도 명확히 정리가 되지 않았다.

노트북 속의 영상과 음향은 기계로 녹음하고 제작한 것이 아니었다. 모모가 직접 보고 들었던 삶의 경험 그 자체였다. 그렇지 않고서야 어떻게 그 상황의 프레임과 각도와 빛깔과 광택까지 그녀의 기억과 완전히 일치할 수 있겠는가?

열려라 참깨의 동굴이 보물 창고의 입구였던 것처럼, 노트북이 먼 곳에 있는 메인 컴퓨터의 창문인 것처럼, 모모의 오관이 경험한 모든 정보가 모모의 뇌로 흘러들어간 것과 동시에 알 수 없는 곳에 있는 컴퓨터의 데이터베이스로도 흘러간 것이라면?

훔쳐보는 이를 누군가 다시 훔쳐보는…….

이 감각의 제국이 정말로 이토록 믿을 수 없는 것이었다면?

□

모모는 손가락을 멈출 수 없었다. 그녀는 탐색을 계속했다. 빨간 구두를 신으면 춤을 추고 싶은 욕망을 억누르지 못하는 동화 속의 가련한 여자아이처럼.

모모는 생각했다. 만약 노트북에 기록된 것이 전부 그녀의 경험에서 나온 것이라면, 지금의 경험은? 앞으로의 경험은? 노트북에는 2100년부터 연도별 항목이 제시되어 있었다. 만약 모모가 2101년을 선택한다면, 그녀는 미래의 자신의 경험을 볼 수 있지 않겠는가?

그녀는 2100년을 선택해보았다.

—2100년, 모모 30세, '손가락 교체 수술' '엄마 방문'

모모는 '엄마 방문'을 선택했다,

이어지는 화면은 모두 그녀의 주관적인 시점이었다.

……모니터를 통해 입구를 향해 걸어오는 엄마를 발견하고…… 강아지 앤디가 소란을 피우고…… 엄마가 집에 들어서자…… 앤디가 짖어대고…… 모녀가 복숭아 케이크를 나눠 먹고…… 엄마의 두 손을 마사지하면서 피부막을 바르고…… 엄마가 술을 마시고 잠이 들자…… 모모가 엄마의 손가락에 붙어 있던 피부막을 통해 비밀번호를 알아내고…… 엄마의 휴대용 컴퓨터에 접속한 모모가…… 일곱 세트의 비밀번호를 한 치 오차도 없이 입력하고…….

방금 모니터에 재현된 화면과 완전히 똑같았다. 2094년의 화면에서 모모가 아태 지역 대상을 수상하고, 2080년 병상에 누워 퇴원을 기다리고, 2070년 복숭아 속에서 아기 모모가 발견되고, 2095년 드라우파디가 피부막을 가져왔던.

과거의 기억은 전부 확인했다. 모모가 보았던 모든 것과 각도 하나 어긋남 없이 완전히 일치하는, 한 발 늦은, 하지만 이미 감각 기관을 통해 본 '기시감', 무시무시한 데자뷔.

모모가 마주한 노트북 화면 속에 펼쳐지는 영상은 바로 모모가 지금 바라보고 있는 화면이었다. 이것은 영원히 계속되는 영상의 행렬이다.

모모는 모니터를 통해 자신이 바라보고 있는 모니터를 보았다. 이 모니터 속의 모니터가 보여주는 화면이 곧 모모가 지금 보고 있는 모니터였고, 그 속에는…….

□

모모의 마음속에 라틴어 하나가 스쳤다. ad infinitum, 무궁무진.

사물의 상태가 ad infinitum의 경지에 이르면 완벽해 보이던 세계의 질서는 와해되기 시작한다. 이른바 탈구축이 일어난다.

선현은 말했다. différence, '다름'. 당신이 찾아 헤맨 진정한 의미는 끊임없이 변화하고 발전을 거듭한다고. 의미는 끊임없이 도망치며 숨을 헐떡이는 카멜레온이다. mise en abyme, '그림 속의 그림'. 끊임없이 들춰내보아도 옷 아래에 또 다른 옷이 있고, 비밀번호 뒤에 또 다른 비밀번호가 있으며, 검은 동굴 속에 또 다른 검은 동굴이 있다.

모모는 자신이 아무것도 보지 못했음을 깨달았다. 그녀가 제멋대로 상상했던 세계는 이미 그녀를 버렸다. 철저하게.

모모는 열 살이던 그해, 수술실에 실려가 대규모 해부 수술을 치렀던 그날로 돌아간 것 같았다. 차가운, 냉혹한, 의식은 희미하고 아무런 저항도 할 수 없는.

□

　마취 상태의 조각나고 뒤섞인 이미지들 사이에서 모모는 꿈결
에 앤디를 보았다. 그녀의 자매를. 다만 앤디의 몸은 한 마리의 참
새로 변해 아주 높이, 아주 멀리 날아가버렸다. 모모는 돌아오라고
소리쳐 부르고 싶었지만 자신이 이미 소리를 내는 능력을 잃었음
을 깨달았다. 침묵이 그녀를 집어삼켰다.

10

"이제 모모를 어떻게 할 생각인가요?"

아시아의 어느 섬, 적황색의 건조하고 뜨거운 육지에 물고기의 눈알을 반으로 가른 듯한 모양의 투명한 건축물이 있었다. 원형 덮개는 투명해 보여도 외부의 자외선을 차단할 수 있었다. 이곳은 육지의 전철역으로, 몇 분 뒤 해저의 T시로 직행하는 고속열차가 출발을 앞두고 있었다. 한 시간 남짓이면 목적지에 도착할 것이었다.

드라우파디와 모모의 엄마가 승강장의 카페 한구석에 앉아 있었다.

"모모가 우리 기구에 큰 공헌을 했어요. 협조해준 모모에게 감사할 따름이죠." 드라우파디가 말했다. "마지막에 기밀문서만 훔쳐보지 않았다면 모모를 계속 쓸 생각이었는데. 그래도 악의를 가지고 저지른 일도 아니고 모모가 본 것들이 그렇게 중요한 기밀문서도 아니어서 상부에서도 크게 문제 삼지 않고 넘어가기로 했어요."

"집으로 가는 것이 좋겠어요. 이미 그곳에서 20년을 지냈는데, 충분히 긴 시간이잖아요."

"돌아간 뒤에는 어떻게 하시려고요?"

"모모 본인 생각을 들어봐야죠. 안드로이드의 몸으로 바꿔주기를 바라는지, 아니면 컴퓨터 인터페이스를 원하는지. 모모의 인생이니 스스로 결정할 기회를 줘야죠."

엄마의 손에는 크리스털 보관함이 들려 있었다. 보관함 속에는 자동 생명 유지를 위한 가느다란 선들이 설치되어 있었다. 보관함 속에 놓인 분홍색의 부드럽고 묵직한 기관이 바로 모모였다.

모모와 그녀의 앤디는 분리되었다.

드디어, 모모는 엄마와 함께 집으로 돌아갈 수 있게 되었다.

□

2080년, 모모가 열 살이 되던 해, 그녀가 입원한 지 3년이 지난 어느 날이었다. 마침내 떠밀려 들어간 수술실에서 장시간에 걸쳐 준비한 복잡한 수술이 집행되었다. 수술대 위에 누운 어린 모모를 위해 열세 명의 외과 의사가 동시에 수술에 임했다. 당시 모모는 이미 온몸이 마취되어 자신의 친구 앤디가 자신과 같은 수술실 안에 누워 있다는 사실조차 알지 못했다.

수술의 원래 계획은 모모의 몸에서 도저히 사용이 불가능한 여

166

러 장기를 떼어내고, 그것을 앤디의 몸에서 채취한 장기로 대체하는 것이었다. 본디 모모의 신체 특질에 맞춰 설계된 앤디는 모모에게 생리적으로나 심리적으로 거부 반응을 유발할 우려가 없었으므로 이런 방식의 이식 수술은 대체로 크게 어렵지 않았다. 하지만 수술은 계획했던 것처럼 순조롭게 진행되지 않았다.

열세 명의 의사는 열 살 모모의 체강을 연 뒤에야 그녀의 신체가 원래 검사를 통해 진단한 것보다 더 심각한 상태임을 알게 되었다. 모모의 안면 기관, 피부와 근육, 소화계, 생식계, 순환계, 임파계 등 어느 곳 하나 LOGO균에 심각하게 감염되지 않은 곳이 없었다. 손상된 부위를 안드로이드의 조직으로 전면적으로 교체하는 것이 유일한 방법이었다. 3년의 입원 기간 내내 무균실에 갇혀 있었던 덕에 LOGO균으로 인한 신체 손상 속도가 억제되기는 했으나, 그렇다고 그것이 바이러스를 근본적으로 치료하는 해결책은 아니었다. 그대로 모모를 다시 병실로 돌려보낼 수는 없었다. 기왕 모모의 몸에 칼을 댔으니 계속해보는 수밖에. 그렇게 수술은 끝이 났다. 의사들은 수술대 위의 모모를 생명 유지 장치에 연결하고 모모의 몸에서 감염된 부위를 절제하기 시작했다. 그리고 최종적으로 살아남은 기관은 겨우 모모의 대뇌뿐이었다. 모모의 몸 전체에서 오직 대뇌만이 온전한 형태로 생존한 것이다.

그렇게 모모의 뇌를 앤디의 몸에 이식했을까? 그렇다면 그것은 모모가 앤디의 몸을 얻은 것일까, 아니면 앤디가 모모의 뇌를 얻은 것일까? 여기서 이렇게 주체와 객체를 따진들 무슨 의미가 있을까. 중요한 것은 모모의 뇌를 앤디의 몸에 이식하면 다른 평범한 여자아이들처럼 계속 살아갈 수 있다는 것 아닐까?

결론은, 그렇지 못했다. 역시 가능하지 않았다. 안드로이드가 인체에서 차지하는 비율이 지나치게 높았다. 아니면 인체의 기관이 안드로이드의 기체 내에서 차지하는 비율이 지나치게 낮다는 표현이 더 맞을지도 모르겠다. 당초 앤디의 설계자는 모모의 전신에서 대뇌만 겨우 살아남아 쓰이는 상황을 전혀 예상치 못했으므로, 만약 억지로 이 둘을 하나로 결합시킨다 한들 모모의 작고 미숙한 뇌로 안드로이드의 전신을 컨트롤하는 것은 근본적으로 한계가 있을 수밖에 없었다. 2080년의 민간 안드로이드 의학으로는 이 문제를 해결하는 것이 불가능했다. 당시의 모모에게 제아무리 정교하고 뛰어난 안드로이드의 신체가 제공된다 해도 무용지물이었다.

수술실에 있던 의사들도 속수무책이었다. 그렇게 모모 뇌의 생존 여부가 불투명한 상황에서 드라우파디가 놀라운 제안을 해왔다.

엄마는 드라우파디의 제안을 받아들였다. 가장 중요한 것은 일단 모모의 뇌를 살리는 것이었다. 다른 고민들은 그다음 문제였다. 그녀들은 계약을 체결했다.

□

드라우파디는 모모의 입원 기간에 몇 차례 모모를 찾아왔다. 그녀는 자신을 ISM의 특파 대사라고 소개했다.

ISM은 상당한 위상을 갖춘 기업으로 태평양 분지의 여러 강대국 및 기업과 우호적인 관계를 맺고 있었다. 주요 사업 영역은 MM이라 불리는 수륙 양용 전투형 안드로이드 분야로, MM의 제조와 보수로 이름이 나 있었다. ISM은 신세기 군수업계의 신흥 강자였다.

다만 상당히 무시무시한 이름이기는 했다. ISM은 '이즘'이라고도 읽을 수 있는데, 그간 세간을 뒤흔들어놓았던 수많은 관념들 속에도 ISM이라는 말이 들어 있었다. imperial-ISM(제국주의), colonial-ISM(식민주의), capital-ISM(자본주의), fasc-ISM(파시즘), national-ISM(국가주의), sex-ISM(성차별주의), heterosex-ISM(이성애주의), rac-ISM(인종차별주의), fundamental-ISM(근본주의), post-modern-ISM(탈/후현대주의) 등등……. 그러니 ISM을 대표해서 왔다는 드라우파디를 누가 감히 등한시할 수 있었겠는가? 병원 측에서는 말도 없이 불쑥 찾아온 드라우파디를 의아하게 여기기는 했으나 아무도 대놓고 이의를 제기하지 않았다.

드라우파디는 마치 모모가 입원하던 순간부터 2080년대의 정규 의술로는 모모를 구할 수 없다는 것을 알고 있는 사람 같았다. 안드로이드 기술에 대한 그녀의 주장은 일종의 역발상이었다.

인류와 안드로이드의 결합 방식에는 두 가지가 있다. 일반적인 방식은 안드로이드의 몸에서 꺼낸 기관을 인간의 인체에 이식해 건강을 회복시키는 것이다. 하지만 인류의 신체에서 안드로이드에게 필요한 기관을 취해서 안드로이드를 더욱 인간과 유사하게 하는 것 역시 가능하다. 그것이 두 번째 방식이다. 결과적으로는 이두 가지 결합 방식 모두 인류에게 이익을 가져다줄 수 있다. 인간의 생명을 연장시킬 수 있다는데 굳이 두 번째 방식을 버리고 인본주의만 고집할 필요가 있을까? 드라우파디는 ISM이라는 하이테크놀로지 기업을 대표하여 자신들이 책임지고 모모의 대뇌를 맡아주겠다고 했다. 기업 측에서는 이미 가장 정교한 최신식 안드로이드를 설계해두었고, 이 안드로이드의 몸속에는 인간의 뇌를 넣을 수 있는 공간도 마련되어 있어 인류의 대뇌를 안전하게 유지하기에 최적이라고 강조했다.

드라우파디는 또한 이 신형 안드로이드가 출중한 인공지능을 갖추기는 했으나 정밀한 작업에 있어서는 여전히 인간이 가진 섬세함을 따라가지 못한다는 한계가 있으며, 이로 인해 살아 있는 인간 뇌의 도움이 절실하다는 사실도 털어놓았다. 다만 살아 있는 뇌를 빌려주겠다는 사람이 극히 적은 탓에 드라우파디가 먼저 나서서 병원을 찾아다닌다는 말과 함께.

엄마는 끝내 드라우파디와 계약을 맺고 간신히 생명만 유지하고 있는 모모의 대뇌를 ISM에 넘겨주었다.

엄마가 내건 조건은 ISM 측이 최첨단 기술로 모모의 대뇌가 안드로이드의 몸속에서 건강하고 온전하게 성장하도록 협조하고, 대뇌의 생존에만 만족하는 것이 아니라 사유 활동까지 진행할 수 있도록 전력을 다하며, 그에 필요한 모든 비용(모모가 입원해 있던 3년 동안 들어간 치료비를 포함해)을 ISM이 부담하는 것이었다.

이처럼 통 큰 지원에 대한 대가를 20년이라는 시간으로 치르는 것을 엄마는 받아들여야만 했다. 그 20년간 모모의 대뇌에 대한 감독과 보호의 권리는 모두 ISM에게 넘어갔다. 엄마가 모모를 만나는 것 역시 ISM의 허락을 얻어야만 가능했다. 모모에 대한 재교육 문제도 엄마가 간섭할 수 없었다. 모모의 대뇌 또한 ISM을 위해 복무할 의무가 생겼다. 20년의 계약 기간이 만료된 뒤에는 계약자 쌍방이 서로의 견해를 존중하여 연장을 논의하기로 했다.

엄마는 동의했다. 모모를 살릴 수만 있다면, 희미한 불빛이라도 따라가보는 수밖에 없었다.

수술실에서 앤디의 몸은 쓰이지도 못하고 폐기되었다. 모모에게서 잘라낸 감염된 장기 역시 대부분 소각되었고, 그중 극히 일부만이 샘플로 제작되어 의료 연구용으로 넘겨졌다. 모모의 뇌는 생명 유지 장치를 갖춘 유리 상자 속에 안전하게 보관된 채 마치 유리관 속에 누운 백설공주처럼 드라우파디에 의해 ISM 본사로 이송되었다. ISM의 본사는 해저가 아닌 멀리 육지 위에 있었다.

엄마는 모모를 위해 무엇을 할 수 있었을까? 그녀는 딸을 거대한 기구에 위탁했다. 누런 황무지 위에 서 있는 차가운 건물, 기관institute, 트러스트trust, 그녀는 ISM이 매크로하드와 마찬가지로 쉽게 대적할 수 없는 상대라는 것을 알고 있었으므로, 그저 수동적인 입장을 고수할 수밖에 없었을 것이다. 다만 그녀는 좀처럼 마음이 편치 않았다.

그녀는 모모를 위해 일기를 쓰기로 했다.

11

모든 감각 기관을 상실한 모모에게는 세상을 인식할 창구가 없었다.

하지만 엄마는 모모가 ISM에서 지내는 20년의 세월 동안 자신이 온전한 인간이 아닌 하나의 뇌일 뿐이라는 사실을 알아차리고 자괴감을 느끼게 되는 것을 원치 않았다. 또한 모모가 건강하게 성장한 평범한 여성들처럼 온갖 감정이 뒤섞인 풍부한 인생 스토리를 갖길 바랐다.

그런 여성의 머릿속에는 분명 동경도 있을 것이고, 동화도 있을 것이고, 성도 있을 것이고, 인간관계도 있을 것이고, 학식도 있을 것이고, 일도 있을 것이고, 여자친구나 남자친구, 혹은 독신의 삶도 있을 것이고, 모녀 관계에 대한 생각도 있을 것이다. 엄마는 보통의 여성들이 고민할 만한 일들을 모모의 뇌는 생각해볼 기회조차 없다는 것이 마음에 걸렸다. 그리하여 엄마는 모모를 위해 생각하고, 자신이 생각한 것을 일기에 쓰는 방식으로 모모의 뇌 속 회로를 활성화시키기로 했다.

매크로하드 출판 기업에서 근무하는 엄마에게 디스크북 맞춤 제작은 조금도 어려운 일이 아니었다. 엄마가 차근차근 써내려간 각본을 매크로하드의 제작팀으로 보내면 이내 생생한 음질과 화면을 갖춘 디스크 일기가 완성되어 나왔다. 엄마는 다시 이 디스크들을 신속히 육지의 드라우파디에게 부쳐 ISM에서 이 디스크 일기를 재생하여 모모의 대뇌를 자극하고, 모모의 대뇌가 자신이 접한 이 디스크북들을 스스로 경험한 실제 상황처럼 인식하게 할 것을 요구했다.

□

엄마가 모모를 위해 기획한 첫 디스크 일기의 주제는 '모모 퇴원'이었다. 엄마는 각본을 써내려갔다.

〔모모 퇴원〕
〔시간〕 모모 10세, 2080년 모월 모일 오후
〔장면〕 1인용 일반 병실, 흰색 병상, 창문이 있고 바람이 불어 들어온다. 창밖에는 나무가 한 그루 있고, 나무에는 잎사귀 하나가 매달려 있다.

〔인물〕 엄마와 모모.

〔대사〕

(모모가 깨어나고, 엄마가 곁에 앉아 있다.)

(모모가 활짝 열린 창문을 바라본다. 창밖에서 불어든 미풍이 병상의 모모에게 닿는다.)

엄마: 모모, 수술은 성공적이야. 엄마는 얼마나 기쁜지 몰라! 이제는 새장이나 다름없는 밀폐식 무균실에 있을 필요 없어. 너도 일반 병실에서 창밖의 나뭇잎을 볼 수 있어.

모모: (공백, 모모 대뇌의 자유 답변)

엄마: 모모, 좋은 소식이 또 있어. 엄마 승진했어. 이제는 그냥 영업사원이 아니란다. 엄마는 이제 마케팅 매니저야. 앞으로 더 여유롭게 살 수 있어.

모모: (공백, 모모 대뇌의 자유 답변)

(며칠 뒤 순조로운 퇴원 수속)

〔장면〕 변동 없음.

(모모는 병상의 하얀 시트 위에 누워 있다.)

(모모는 자신을 집으로 데려가기 위해 시간을 쪼개 찾아온 엄마를 발견한다. 한 걸음, 한 걸음, 마치 고대 영화 속 느린 화면처럼 모모를 향해 걸어가는.)

(클로즈업: 엄마의 눈이 축축하게 젖어 있다.)

엄마: 모모, 우리 이제 집으로 가도 돼. 엄청 오랫동안 집에 못 갔잖아.

엄마는 흐느끼며 대본을 완성했다.

그녀는 한시라도 빨리 디스크의 제작을 끝내고 육지로 보내서 모모가 읽을 수 있게 해야 했다. 그렇지 않으면 모모의 대뇌는 홀로 ISM에서 아무것도 생각하지 않고 멍하게 있어야 한다. 그것은 분명 외롭고도 괴로운 일일 것이다.

세월이 흐른 뒤에도 엄마는 마케팅 업무가 끝나면 반드시 짬을 내어 밤을 새워서라도 모모를 위해 디스크 일기를 제작했다. 앞으로는 모모의 학창 시절을 담은 부분을 쓰고, 거슬러 올라가 모모의 출생도 기록했다. 엄마는 자신과 옛 친구 이토 도미에가 산에 올라가 복숭아를 따는 이야기가 담긴 동화를 써내려갔다.

디스크에 담긴 일기들은 모두 모모에게 보내지고 읽혔다. 모모는 줄곧 아무런 의심 없이 그 거짓 일기를 자신의 진실한 삶으로 믿었다.

□

사실상 모모가 육지에서 보낸 20년의 세월 동안 엄마에게는 육지로 모모를 보러 갈 기회가 주어지지 않았다. 매크로하드의 업무를 손에서 놓기가 쉽지 않기도 했지만, ISM에서 엄마에게 요구한 면회 조건 역시 까다롭기 그지없었다. 그래서 나온 미봉책이 ISM 측에서도 모모의 생활 및 사고의 단편들을 가려 디스크로 편집하여 제작하는 것이었다(물론 ISM은 모모와 관련한 소소하고 자세한 사정을 다 알려줄 수는 없었다. ISM은 최고 수준의 기밀이 요구되는 무기상이 아닌가). 어쨌거나 모모의 일기랄까, 그것이 해저의 T시에 있는 엄마에게 전달되었다.

엄마는 ISM에서 보내온 디스크 일기를 통해 모모의 뇌가 어느 얼굴 없는 안드로이드 기능공의 몸에 이식된 것을 보았다. 얼굴이 없는 이유는 이 안드로이드 기능공이 인류의 사교 활동에 참여할 일이 없어서였다. 모모는 마치 백화점에서 흔히 볼 수 있는 마네킹 같았다. 그 어떤 특징도 없고 그저 목 부분에 새겨진 열 자리의 작업 번호만이 식별 가능한 유일한 정보였다.

디스크에서 본 바에 따르면 모모의 새로운 몸은 하루 종일 MM을 수리하는 작업장을 지키는 것 같았다. 이 작업장은 정밀한 공정을 전문적으로 처리하는 곳으로, 다른 작업장보다 설비가 잘 갖춰져 있었다. 모모의 머릿속에 ∞ 자 형상의 작업실로 인식된 그곳이었다. 모모의 작업 내용은 온통 MM의 검사나 수리와 관련되어 있었고, 거기에 칠을 보수하거나 페인트를 덧바르고 부품을 교환하는 일이 더해졌다. 이런 전반적인 작업들은 본래 평범한 안드로이드도 충분히 수행할 수 있지만, 일부 특별히 정밀하고 막강한 기종의 MM은 세밀한 인간의 뇌가 있어야만 제대로 된 작업이 가능했다. 이것이 바로 ISM에서 모모의 뇌를 빌리고자 한 이유였다. ISM도 인류가 안드로이드의 작업을 보조한다는 사실을 부인하지 않았다. 모모의 사례는 ISM에게 초보적 실험인 셈이었다. 다만 ISM은 모모의 뇌가 헛되이 소모되는 것은 아니라고 공언하며 엄마를 안심시켰다. 어쨌거나 뇌라는 것은 자꾸 쓸수록 더 건강해지는 법이고, 모모의 뇌를 유리 상자 속에 그냥 넣어두느니 그렇게라도 운동을 시키는 편이 낫지 않겠냐는 것이었다.

하지만 그처럼 무미건조한 작업이라니! 엄마는 생각만 해도 가슴이 미어졌다. 엄마는 그저 디스크 일기를 조금이라도 더 많이 써서 모모에게 보여주는 것 말고는 할 수 있는 것이 없었다. 혹여 모모의 뇌가 별로 생각할 만한 재미있는 일이 없는 탓에 우연찮게라도 자신이 처한 현실을 인식하는 일이 일어나지 않도록. 엄마는 매크로하드에서의 업무 상황도 일기 속에 기록했다.

ISM에서 정기적으로 보내는 디스크를 통해 엄마도 모모의 생각을 알 수 있었다. 모모는 자신이 육지의 공장에서 안드로이드를 위해 일하는 뇌일 뿐이라는 것을 전혀 깨닫지 못한 채 성공적으로 수술을 마치고 학교에 입학한 것으로 믿고 있었다. 하지만 모모의 뇌 속에는 늘 쓸쓸하고 외로운 감정이 담겨 있었다. 또한 일에만 빠져 자신을 챙기지 않는 엄마에 대한 원망이 가득했다.

억울해. 엄마는 ISM의 디스크를 읽으며 소리쳤다. 하지만 무슨 방법이 있겠는가? 그녀는 모모의 생각을 자극하기 위해 고심했지만, 모모의 사고 방향까지 완전히 통제할 수는 없었다.

□

육지에 있는 ISM의 MM 수리 공장 속 어느 안드로이드 안에 있는 모모의 뇌에서는 세 가지의 힘이 함께 모모의 생각을 좌우했다.

첫째는 엄마가 보낸 날조된 일기였다.

둘째는 ISM 측에서 모모에게 주입한 생각이었다.

셋째는 모모가 수술을 받기 전 뇌 속에 잔존해 있던 사고였다.

이 세 가지가 하나로 결합된 것이 바로 모모가 스스로 인식했다고 믿는 세계였다.

예를 들어 모모는 자신을 피부관리사라고 믿고 있었다. 이것은 ISM 측에서 모모가 자신이 군사 무기를 수리하고 있다는 사실을 알아차리는 것을 원치 않은 탓에 모모로 하여금 스스로 그렇게 여기게 만든 것이다.

모모가 마주하는 MM들은 인류의 나체와 같았다. 그녀에게 MM을 정비하는 것은 인체를 마사지하는 것이었고, MM의 몸에 페인트를 칠하는 것은 사람의 전신에 로션을 바르는 것이었으며, 공장의 개별 작업 공간이 곧 그녀의 피부 관리실이었다.

모모가 이처럼 기괴한 상상을 하게 된 데에는 엄마의 역할도 컸다. 엄마는 차라리 모모가 영원히 그 세련된 거짓말 속에 살면서, 모모가 참혹한 진실을 알아차리지 못하기를 바랐다. 엄마는 자진해서 엄청난 양의 미용 관리에 관한 디스크를 모모의 대뇌에 제공하고, 모모가 스스로를 T시 최고의 피부관리사라고 굳게 믿게 만들었다.

□

모모가 엄마와 ISM으로부터 내려받은 정보는 자주 모모가 본래 품고 있던 일련의 생각에 의해 왜곡되었다.

예를 들어 엄마가 그녀에게 부친 디스크 속에 이토 도미에라는 이름이 등장하는데, 도미에는 엄마의 옛 친구이자 모모의 또 다른 엄마이기도 했다. 뜻밖에도 모모는 일본 기업 소유의 MM들을 모두 이토 도미에의 신체로 인식했다. 어쨌거나 출신지가 일본이어서 그랬을까.

엄마는 디스크에 자신과 드라우파디가 병원에서 알게 된 사이라고 기록했으나 모모는 이를 마치 엄마의 러브 스토리처럼 발전시키기도 했다.

한번은 모모가 미국의 MM을 정비하다가 부주의로 기기를 긁어 상처를 낸 적이 있었다. 그때도 그녀는 자신이 어느 백인 소녀의 목덜미에 초승달 모양의 칼자국을 남겼다는 환상에 사로잡혔다.

엄마는 모모의 망상을 알게 된 후 웃을 수도 울 수도 없었다. 그런들 어쩌겠는가? 어차피 진실을 까발릴 수도 없는데?

또 있다. 그 강아지, 앤디. 물론 ISM에서 공장 내에 진짜 개를 키우게 해줄 리는 없었다. 그것은 '뇌파 안정 장치'였다. 모모가

ISM에서 일을 시작하고 몇 년이 지난 뒤 뇌파에서 발생되는 이상 신호가 작업의 질에 영향을 주기 시작했는데, 작업을 위해 전용 안드로이드의 손가락을 교체한 후 뇌에서 다시 흥분이 발생했다 (모모에게는 몇 년 전의 수술이 여전히 트라우마로 남아 있었던 모양이다). 결국 ISM이 모모의 작업장에 '뇌파 안정 장치'를 설치하고 모모의 대뇌를 진정시켰는데 ISM은 아예 이를 이토 도미에가 준 강아지인 양 암시를 주었고, 모모는 그것을 그대로 믿어버렸다.

□

하지만 ISM이 가장 크게 모모를 속여야 했던 부분은 피부막에 관한 것이었다. 피부막과 관련한 모든 내용은 절대로 엄마에게 새어나가서는 안 되는 것이었다.

2095년은 모모가 작업실을 개업했다고 믿는, 드라우파디가 피부막을 가져온 해였다. 그것은 ISM의 최신 기밀 상품이었다.

모모는 자신이 피부막을 통해 고객의 신체 기밀을 훔쳐보고 있으며, 이 훔쳐보기의 광기 속에서 쾌감을 얻는다고 믿었다.

물론 모모가 마주했던 고객은 사람이 아닌 전투형 안드로이드 MM이었으나 MM의 기체 위에 바른 피부막은 분명 기밀을 훔쳐보기 위한 것이었다. 이는 육체가 아닌 군사적 기밀이었다. 모모의 대뇌가 이를 통해 쾌감을 얻을 수 있었던 것은 ISM이 모모에게 제공한 일종의 당근 때문이었으며, 이는 모모가 피부막을 훔쳐보려는 욕망을 더욱 자극하기 위함이기도 했다. 물론 더 큰 당근은 ISM 자신들에게로 돌아갔다.

모모가 여러 MM에게서 취득한 각각의 피부막에는 그들의 전투 경험과 정탐 경험, 훈련 경험 등이 기록되어 있었다. 피부막에 기록된 탄흔이나 운석에 긁힌 자국 따위도 참고해야 할 군사 기밀이었다. 모모가 디스크로 정리한 셀 수 없이 많은 피부막에 기록된 가치를 매길 수 없는 귀한 군사 정보들은 ISM이 가진 또 다른 막강한 재원이었다.

21세기에 이르러 군사사업의 민영화 추세가 가속화되고 민간 공업의 갈래 또한 더욱 세분화되면서 군사 시스템을 체계화하고 총괄할 능력을 갖추지 않은 국가나 기업을 찾기가 힘들어졌다. ISM은 군사 특화 기업으로 자리매김하면서 MM이라는 병기에 주력했다. 수많은 국가와 기업이 ISM으로부터 MM을 구매했고, MM의 정비 역시 통상 ISM에 일임했다.

그런 상황에서 이들 국가와 기업들은 ISM이 군사 기밀을 훔쳐볼 수 있다는 사실을 우려하지 않았을까? 물론 우려했을 것이다. 다만 ISM이 피부막과 같은 기억 능력을 갖춘 피부를 개발하여 그처럼 대범하게 모든 MM의 전투사를 은밀하게 기록하리라고는 상상하지 못했을 뿐이다. ISM의 고객들은 꿈에도 몰랐다. 피부막을 그저 MM의 표면에 바른 도료의 일부라고 생각했을 뿐, ISM 내부의 고위 인사를 제외하고는 아무도 그 실체를 알지 못했다.

피부막을 가장 자주 다루는 모모마저도 자신이 피부막을 통해 얻는 정보가 무엇인지에 대해서는 아는 바가 없었다.

□

다만 모모가 약속한 근무일의 종료가 얼마 남지 않은 시점에 이르러 자신을 데리러 육지로 올라온 엄마를 만나 (모모는 드디어 20년의 기간이 만료되어 엄마가 자신을 데리러 온 것인 줄은 까맣게 몰랐지만) 비밀번호를 훔치고 ISM의 메인 컴퓨터에 접근해 고급 기밀 서류를 훔쳐보는 돌발 행동을 벌이는 것은 ISM이 예측하지 못한 일이었다. 모모가 본 것이 엄마가 자신에게 보낸 디스크 일기의 저장 파일뿐이라는 것이 그나마 다행이었다. 모모는 자신이 한 일이 무엇인지는 전혀 인식하지 못한 것이다. 때마침 공장을 둘러보던 드라우파디가 이를 발견하자마자 모모의 대뇌 의식의 연결을 해제했다.

ISM과 엄마가 계약한 20년이 만료를 앞둔 시점이기도 했고 모모의 대뇌가 ISM에 기여한 바도 적지 않았으므로, ISM도 이를 크게 문제 삼지 않았다. 그리고 진즉 육지로 올라와 기다리고 있던 엄마에게 모모의 대뇌를 넘겨주었다.

ISM은 더욱 많은 수의 젊고 민첩하며 부리기 쉬운 인류의 대뇌를 수집하여 ISM의 작업에 가담시킬 계획이었다.

ISM에게 모모의 뇌는 제1단계 실험의 대상일 뿐이었다.

□

해저의 T시로 가는 직행열차에 올라타려는 엄마에게 드라우파디가 말했다.

"우리 ISM에서 20년 동안 모모를 차지했었다고 생각지는 말아요. 모모는 여기서 아주 잘 지냈어요. 뇌의 활동도 아주 활발했고, 20년 동안 자신이 온전한 인간이 아니라는 사실도 알아차리지 못했고요. 정말로 남들처럼 평범하게 살아가고 있다고 느꼈어요."

"알고 있어요." 엄마의 표정은 담담하고 평온했다.

"모모에게 새로운 안드로이드를 맞춰줄 생각이에요?"

"아뇨. 모모가 진실을 알게 되는 걸 원치 않아요. 그냥 자기 기억 속에 영원히 머물면서 꿈을 꾸길 바라요. 아름답고 완벽한 꿈. 2100년이잖아요. 대뇌의 수명을 연장시킬 유지 장치를 구하는 것쯤이야 식은 죽 먹기죠. 그냥 유지 장치 속에서 좀 쉬게 해줄래요. 너무 무료하지 않게 책이나 더 읽게 해주고요."

"모모는 사랑스러운 아이예요. 모모를 많이 아꼈어요."

"알아요. 감사해요."

12

　열차의 캡슐칸에 앉아서 엄마는 모모의 대녀가 담긴 유리 상
자를 자꾸만 쓰다듬었다.
　열차가 바닷속을 향해 파고들었다. 차창 밖으로 파도가 너울거
리고 물방울들이 쪼개지며 흩어졌다.

□

　모모, 알모도바르의 「하이힐」이라는 영화 기억해? 내가 영화를
보자마자 스토리를 디스크에 기록했다가 너에게 보냈는데. 너도
봤니? 이 영화는 다시 만난 모녀에 관한 이야기야. 모녀 사이에는
깊은 오해가 있었지만, 재회한 뒤에는 다시 서로를 사랑하게 되지.
잉마르 베리만의 「가을 소나타」도 모녀에 관한 이야기야. 역시 디

스크 일기에서 소개한 적이 있는데, 너에게도 인상적이었을까? 나는 영화를 보는 내내 마음이 무거웠던 기억이 나. 그때는 정말 얼마나 더 많은 날을 참고 견뎌야 너를 집으로 데려올 수 있을지 알수 없었거든. 너를 육지 위의 ISM에 버려둔 건 어쩔 수 없는 선택이었어. 그때는 ISM에서만 네 뇌를 살려줄 수 있었으니까. 하지만그 대가가 20년이라니, 정말 너무도 오랜 세월이었어.

□

비스콘티의 「베니스에서의 죽음」이라는 영화도 있었지. 베니스를 아니? 육지 위에 있는 도시인데, 아주 특이한 곳이야. 물길이도로보다 많고, 교통수단은 곤돌라라고 불리는 작은 배야. 베니스사람들이 사는 곳은 육지일까? 아니면 작은 섬일까? 그건 더 어려운 문제지. 셀 수 없이 많은 다리가 물길 위를 가로지르고 있는데다리를 하나 건너면 마치 다른 세계에 도착한 것 같은 기분이 들어. 베니스 사람들은 매일 무수히 많은 세계를 오가는 거야. 그 도시의 카니발도 아주 특별해. 사람들은 우는 얼굴을 한 가면을 쓰고 있지만, 사실 그들의 마음에는 즐거움이 가득해. 「베니스에서의 죽음」이 시작하자마자 나는 영화에 빠져들었어. 영화 속에 등장하는 노인 더크 보가드가 마지막에 죽음을 맞았을 때는 나도죽어버린 듯한 기분이었지. 그 노인은 자기 딸을 무척이나 사랑했는데, 딸은 일찍 세상을 떠났어. 노인은 아름다운 소년을 집착적으로 뒤쫓으면서 베니스의 도랑 사이를 맴돌아. 육체적인 접촉은 없었어. 그저 불확실한 시선만 있을 뿐. 노인은 전염병으로 인해 얼굴에 생겨나기 시작한 반점 따위에는 신경도 쓰지 않았어. 그는 어떠한 실질적인 것도 얻지 못했지만 쾌락을 맛봤어. 소년은 그의 관찰 대상일 뿐 진짜인지도 알 수 없어. 몹쓸 병은 결국 노인을 덮쳐왔고, 노인은 백사장 위에서 죽음을 맞아. 소년은 노인이 눈을 감는 순간 사라지지. 그렇게 딸도, 부친도, 소년도 모두 죽은 존재가 되는 거야. 영화 속에 말러의 교향곡 제5번이 흐르는데, 높고 구슬픈 음표들이 내 눈가의 주름을 할퀴는 것 같았어.

□

모모, 우리 모모, 네 이름이 왜 모모가 된 줄 아니? 나와 내 친구 이토 도미에는 딸을 하나 키우고 싶었어. 우리 우정을 기념하는 차원에서. 그래서 시험관 시술로 아이를 얻었지.

그 병원은 사방이 복숭아나무였어. 어느 날 너무 익은 복숭아가 우리 앞에 굴러떨어졌는데 도미에가 멋진 아이디어가 떠올랐다는 듯 말했어. 이 아기는 정말 일본 동화 속에 나오는 모모타로 같아. 시험관에서 이렇게 귀한 아기가 나왔잖아. 아기 이름을 MO-MO로 정하자. 복숭아라는 뜻이야. 하지만 내가 말했어. 우리 아기는 여자아이인데, 뭐가 모모타로 같다는 거야?● 모모타로는 야만적인 남자야! 도미에는 잠시 생각해보고는 말했어. 그 말

187

도 맞아. 하지만 모모타로가 사랑스러운 존재가 아니라고 쳐도, 복숭아는 분명 사랑스러운 과일이잖아. 그래서 네가 '모모'가 된 거야. MO-MO.

단지 생각지도 못한 일이 있었다면 병원에서 우리에게 준 모모가 남자아이였다는 거야. 고추가 달린. 병원에서 큰 실수를 한 거지. 나와 도미에는 어쩔 수 없이 받아들였어. 남자아이이긴 했지만 아주 귀여웠거든. 더 큰 문제는 나중에 발생했어. 우리의 모모는 남자아이였을 뿐 아니라 당시 유행하던 LOGO균 바이러스가 온몸에 퍼져 있었어. 시험관에서부터 이미 감염된 상태였는데, 다섯 살이 되어서 발병했고, 일곱 살에는 입원하지 않고는 방법이 없는 상태가 되었어. 병원에서는 대규모의 장기 이식을 피할 수 없다고 했고, 기왕 수술을 하는 김에 남자에서 여자로 전환 수술도 가능할 거라고 말했어. 그러면서 일단 너에게 꼭 맞는 작은 안드로이드를 먼저 제작해놓고 이식을 준비하는 것이 좋을 거라고 알려줬고. 당시에 나는 그저 고분고분하게 고개만 끄덕였어. 다 네가 잘 살 수 있도록 해주기 위해서였으니까. 나에게 다른 선택이 또 있었을까?

그때 너를 병원에 입원시킨 것이 잘못된 결정이었을까?

• 복숭아를 뜻하는 모모와 일본의 남자아이 이름인 타로가 합쳐져 만들어진 이름이다.

□

나는 모르겠어. 당시 나는 너무 어렸고, 모르는 것이 많았어. 나는 그저 너를 병원에 입원시켜야 한다는 생각뿐이었고, 죽기 살기로 돈도 벌어야 했어. 우리 모녀를 위해서. 그 시절 나는 정말 외로웠어. 입원해 있던 네가 그랬던 것처럼 나도 빈방에서 혼자 잠이 들었지.

네가 묻고 싶을 수도 있겠다. 그럼 내 일본 친구 이토 도미에는 어디 있냐고? 그녀는, 그녀는 네가 아주 어렸을 때 이미 나를 떠났어. 이유가 뭐였는지는 묻지 마. 나도 한동안 그 답을 몰랐으니까. 내가 아는 것이라고는 내가 그녀를 무척 그리워했다는 것뿐이야. 그래서 디스크 일기에 그녀의 이름을 쓰고 또 쓴 거야. 너도 읽을 거라 믿으면서. 그 덕에 네가 그녀를 너의 오랜 고객이라 상상하게 됐겠지. 실상 도미에는 너의 또 다른 엄마란다.

□

유리 상자를 어루만지던 엄마의 손가락이 돌연 경련을 일으켰다. 그녀는 알고 있었다. T시로 돌아가면 자신도 건강 검진 센터에서 정기 검진을 받아야 한다는 것을. 손가락에 수술이 필요하다고 해도 상관은 없었다. 어쨌거나 엄마는 매크로하드의 주요 인사다. 의료비 내역서는 매크로하드에 전달하면 그만이다.

□

네 이름 말이야, MOMO, 복숭아라는 뜻 말고도 아주 비슷한 영어 단어가 있어. MEMO, 비망록. 대부분의 일들은 굳이 기록하지 않아도 쉽게 잊히지 않지. 그래도 사람들은 비망록을 필요로 해. 또 다른 방식으로 기억을 남기는 거야.

모모, 엄마가 너를 정말로 사랑했다는 것을 믿어주겠니?

13

한 겹의 막처럼 옅은 안개가 도랑이 교차하는 도시를 뒤덮었다. 어두컴컴한 안개 속으로 육지와 강줄기의 윤곽이 드러났다.

홀로 아치형 다리의 중간에 누워 있던 모모는 조금씩 정신이 들기 시작했다.

베니스의 카니발은 이미 막바지에 다다랐다. 화려한 화장을 한 가무단은 작은 다리 너머로 사라졌다. 흥이 오른 사람들의 소란스러운 소리도 도시 끝을 향해 흘러가 모모에게서 멀어졌다. 모모의 흐릿한 기억 속 화장한 사람들 중에는 흡혈귀 분장을 한 사람도 있었고, 미치광이 히틀러도 있었으며, 섹시 심벌 매릴린 먼로도 있었다. 미녀 분장을 한 사람은 물론 남자였다. 그보다 훨씬 많은 수를 차지한 것은 베니스 카니발의 전통 장식인 눈물 자국을 그려 넣은 금색과 은색의 어릿광대 가면을 쓴 사람들이었다. 화려한 의

상에 뻐꾸기시계나 인텔사의 IC칩, 혹은 복고풍이면서도 전위적인 느낌의 무지개색 콘돔 풍선 따위의 장신구도 함께.

모모 자신은 어떻게 치장을 했을까?

그녀는 몸을 일으켰으나 육지로 올라가려고 서두르지는 않았다. 오히려 강물 쪽으로 얼굴을 내밀고 물에 비친 자신의 모습을 살폈다. 멈춰버린 죽음의 강은 몹시 협조적으로 모모의 얼굴을 비춰주었다.

모모도 어릿광대 복장을 하고 있었고, 얼굴에는 가장 전통적인 우는 얼굴의 가면을 쓰고 있었다. 다만 모모의 머리 꼭대기가 조금 특별했다. 그녀의 머리 위에 작고 깜찍한 새장이 있었다. 새장 속에는 카나리아 한 마리가 들어 있었다. 작은 새는 울지도 않고 움직이지도 않았다. 마치 어두운 동굴 속에서 달콤한 꿈을 꾸고 있는 듯 보였다.

사람들은 모두 사라졌다.

모모는 어디로 가야 할지 몰랐다. 어떤 다리를 건너야 할까, 어느 광장으로 가야 할까? 혹은 다리 아래로 내려가 가면을 벗고 물을 떠서 얼굴을 씻어야 할까?

머뭇거리던 그녀의 귓가에 익숙한 소리가 들려왔다. 그녀를 부르는 소리였다.

엄마다. 엄마가 모모를 향해 걸어왔다. 마치 구식 영화 속 느린 화면처럼, 자신의 딸에게 다가왔다. 클로즈업 화면 속 엄마의 눈가가 축축하게 젖어 있었다.

엄마의 머리 위에도 카나리아 한 마리가 앉아 있었다. 역시 새
장에 갇힌 채로. 하얀 막과도 같은 안개가 여전히 도시의 강물 위
를 뒤덮고 있었다.

엄마가 말했다. "모모, 우리 이제 집으로 가도 돼. 엄청 오랫동안
집에 못 갔잖아."

자신이 옳다고 믿는 세계에
스스로를 가둔 사람들에게

이렇게 슬프고 아름다운 퀴어 SF 소설이라니. 마치 어린 시절 보았던 공상과학영화처럼 소설 속 장면들이 눈앞에 펼쳐졌다. 나는 번역을 하다 말고 작가가 그린 미래의 지구를 거닐며 그 쓸쓸한 풍경을 들여다보곤 했다. 현실 속 지구는 심각한 환경오염과 이상 기후로 몸살을 앓고 있고, 인류는 바이러스와 전쟁의 공포에서 벗어나지 못하고 있다. 혹시 작가가 상상한 미래가 생각보다 더 가까이 와 있지는 않을까? 나는 자주 가슴이 먹먹해졌다.

2019년 타이완에서 동성 결혼이 법제화되기 훨씬 이전부터 퀴어 문학은 타이완 문학사에서 스스로 자신의 가치를 인정받았고, 타이완 문학의 독자성과 다양성을 드러내 보이는 중요한 지표로 자리매김했다. 타이완의 퀴어 문학은 다른 어떤 국가에서도 유래를 찾을 수 없을 만큼 작가와 작품의 숫자가 많고 성취도 뛰어나다. 그중에서도 지다웨이 교수는 타이완 문단에서 독보적인 입지를 가진 작가이자 연구자이고, 대표작인 『막』은 그의 천재성이 유감없이 발휘된 수작이다. 길지 않은 소설 속에 담긴 메시지는 결코 가볍지 않다. 2100년, 작품 속 인류는 스스로 파괴한 지상을 떠나 해저 도시를 건설하고, 인간과 꼭 닮은 안드로이드를 생산한다. 작가가 창조한 미래도시는 인간의 이기심으로 훼손되고 힘의 논리가 지배하는 오늘날 지구의 모습과도 크게 다르지 않다. 그럼에도 작가가 상상한 디스토피아에 부정적인 변화만 존재하는 것은 아니다. 그곳은 에이즈가 사라지고 동성애자가 아이를 낳아 기르는 것이 이상하지 않은 세상이다. 동성애는 그저 작품 속에 존재할 뿐, 이슈 거리가 되지도 갈등을 야기하지도 않는다. 최소한 그들은 더 이상 피해자나 소수자가 아니다.

'막'은 동성애자와 사회, 동성애자와 이성애자 사이에 존재하는 경계에 대한 은유적인 표현이기도 하다. 현실에는 성적 소수자에 대한 폭력과 억압이 여전히 존재한다. 사람들은 자신의 신념이 절대적인 것인 양 약자와 소수자를 규정하고, 교화하거나 단죄하려 한다. 하지만 인간이 믿었던 많은 것이 실은 학습되고 주입된 것에 불과하지 않았던가. 우리가 몸담고 있는 시간과 공간, 직접 보고 경험했다고 생각한 것들이 과연 그렇게 견고하고 완전할까? 지다웨이 교수는 인류가 저지른 과오를 들추고 지금껏 믿어왔던 모든 것을 의심하는 용기와 지혜를 요구한다. 그리고 인류가 함께 고민하고 지켜나가야 할 가치가 무엇인지 묻는다.

교환학생으로 타이완 국립정치대학교의 타이완문학연구소에서 수학하면서 타이완의 퀴어 문학을 처음으로 접했다. 지다웨이 교수님의 퀴어 문학 수업은 매주 먼 도시에서 시외버스를 타고 오는 청강생들이 있을 정도로 인기가 뜨거웠고, 나는 지다웨이 교수님의 강의를 직접 들을 수 있어 행운이라고 생각하던 대학원생이었다. 몇 년이 지난 뒤에도 그 인연을 기억해주시고 작품의 번역을 맡겨주신 지다웨이 교수님께 감사드린다. 또한 번역가로 첫발을 내딛는 순간부터 이 책의 번역과 출판에 이르기까지 한결같이 지원해주시고 지지해주신 김혜준 교수님께도 늘 감사한 마음이다. 마지막으로 좋은 책을 알아봐주고 더 좋은 책이 될 수 있도록 애써준 글항아리 편집부에도 감사드린다.

2021년 길었던 여름의 끝, 온천천에서

막

초판 인쇄	2021년 11월 5일
초판 발행	2021년 11월 17일
지은이	지다웨이
옮긴이	문희정
펴낸이	강성민
편집장	이은혜
편집	신상하 곽우정
마케팅	정민호 김도윤
홍보	김희숙 함유지 김현지 이소정 이미희
펴낸곳	(주)글항아리 | **출판등록** 2009년 1월 19일 제406-2009-000002호
주소	10881 경기도 파주시 회동길 210
전자우편	bookpot@hanmail.net
전화번호	031-955-1903(편집부) 031-955-2696(마케팅)
팩스	031-955-2557
ISBN	978-89-6735-968-3 03820

잘못된 책은 구입하신 서점에서 교환해드립니다.
기타 교환 문의 031-955-2661, 3580

www.geulhangari.com